当我决定成为一个大人

布林克曼 著
峥杰 译

著作权合同登记：图字 01-2020-6336

Hvad er et menneske?
Svend Brinkmann & Gyldendal,2019, Copenhagen. Published by agreement with Gyldendal Group Agency
本作品简体中文专有出版权经由 Chapter Three Culture 独家授权。

图书在版编目（CIP）数据

当我决定成为一个大人 / (丹) 斯文德·布林克曼著;田王晋健，李峥杰译. -- 北京：天天出版社，2023.6
ISBN 978-7-5016-2065-4

Ⅰ.①当… Ⅱ.①斯… ②田… ③李… Ⅲ.①长篇小说—丹麦—现代 Ⅳ.①I534.45

中国国家版本馆CIP数据核字(2023)第074024号

责任编辑：崔旋子	美术编辑：邓 茜
责任印制：康远超 张 璞	

出版发行：天天出版社有限责任公司
地址：北京市东城区东中街 42 号　　邮编：100027
市场部：010-64169902　　传真：010-64169902
网址：http://www.tiantianpublishing.com
邮箱：tiantiancbs@163.com

印刷：北京新华印刷有限公司	经销：全国新华书店等
开本：880×1230　1/32	印张：9.5　插页：10
版次：2023 年 6 月北京第 1 版	印次：2023 年 6 月第 1 次印刷
字数：148 千字	
书号：978-7-5016-2065-4	定价：59.00 元

版权所有·侵权必究
如有印装质量问题，请与本社市场部联系调换。

目　录

001	前言
001	序言
013	1. 生物人
059	2. 理性人
115	3. 情感人
155	4. 社会人
203	5. 未来人
251	6. 哲理人
287	后记
292	重要人物检索

前 言

成为人意味着什么？这是本书的大问题。这个问题不是关于成为个体的你或者我意味着什么，也不是关于我们如何实现作为个体的自己，而是关于一个人存在的意义是什么，以及关于如何认识人的各种潜力。我通过讲述这个故事——一个年轻人环游欧洲的教育之旅，来传达自己对这个问题的思考。一路走来，这个年轻人对于人是什么有了更多的了解——他既从好的方面去了解，也从坏的方面去了解。当然，他会遇到其他人，他也会因为直接观看欧洲艺术史和文化史上的许多名作而受到激励，它们述说了关于人的一些事情。

本书故事纯属虚构，然而，它涉及的伟大哲学家和科学家都是历史上的人物，我已经努力忠实地陈述他们的各种立场和论点。所有的地点在现实中都存在，除了考虑人类未来的情节时出现的一个地点。在那里，我也虚构了一些研究人员。

作为一个研究人员，我以前没有尝试过写小说，实际上我是在写一本关于人的非虚构作品，它将向更多的读者介绍看待人的各种哲学和科学的视角。尤其是，我希望这本书能接触到稍微年轻一点的读者，我认为他们特别需要反思的是：成为人意味着什么。

我选择使用文学手段——虚实结合的讲述，作为沟通的形式。对于像我这样的研究人员和非小说作者来说，这是一次相当大的实验。结果就是创作出这本关于安德烈之旅的书，它试图展示我感兴趣的一些现象，而非仅仅从一个安全的、分析性的距离来解释这些现象。本书没有强调安德烈是一个可以效仿的榜样，他是一个有一些人生经历的人物，其中有的经历是环境造就的，有的经历是所有人共有的，希望这些经历能唤起人们的一些认知。

这本书的每个主要部分都传达了一种看待人的视角，每个整体的视角下都隐含着一个副主题。首先我们听到的是作为动物物种的智人（以我们周围的环境为副主题），然后是理性人（以教育为副主题）、情感人（以道德为副主题）、社会人（以邪恶为副主题）、未来人（以幸福为副主题），最后是哲理人（以悲伤为副主题）。

我们的想法不是专门讨论这些视角中的某一个，与之相反，我们要表明的是，对于理解整个人来说，这些视角都是必要的。这就是现在能做的事情，因为人总是会超出我们看待人的那些视角，这也是本书的基本观点之一。在一个简短的后记中，我试图对这本书的主旨及其哲学、人类学做出自己的解释。让我高兴的是，我的编辑安妮·温库夫一直支持这个选题，并且在整个过程中给予了很大帮助。非常感谢安妮！此外，我要感谢对这个文本做出了许多有益评论的人，他们是安德斯·彼得森、安德斯·马提亚斯·奥弗加德·赫乔特、安娜·丽芙·赫朱勒·克里斯滕森、阿尔弗雷德·博尔达多·斯科尔德、卡米拉·拉森·施密特、埃斯特·霍尔特·科福德、伊娃·达诺、莱尼·坦加德、梅斯·瓦尔比、玛丽·梅尔霍夫、奥托·拉森·施密特、西娅·丹加德·马库森和托马斯·苏莱维奇。最后我要一如既往地感谢西格娜·温瑟·布林克曼出现在我的人生中。

谨以此书献给我的孩子们：艾伦、卡尔和延斯。
我人生中最大的乐趣是看着他们成为真正的人。

序　言

安德烈爱火车的声音。他爱这种让人平静的背景音，尤其是当满载货物的火车驶过铁轨时，会发出有节奏的"嘎咕，嘎咕"声。他闭上眼睛，将一只耳朵贴向了车厢的内壁。这个举动可以放大火车行驶时的声音，他觉得这样的声音似乎是从头一路往下传导到整个身体里。

火车机械的节奏和声音，可以使他的头脑和身体镇静下来。他曾经试图让自己镇静的途径有：冥想、心理治疗、高一和高二时定期与学校的心理咨询师谈话。那个心理咨询师曾经推荐他使用正念，但是他实际上无法喜欢这种方法，也就是由内而外地感受自己的身体。他无法将正念的悄无声息作为自己的避难所。母亲曾经送给他一张瑜伽垫作为生日礼物，当他躺在上面时，他用意念扫视自己的身体，他一直在想的是活动一下筋骨，或者干脆逃离那里。当听见鲜血在静脉里奔腾、在耳朵里撞击时，他感到坐卧不安。他在想，一个人的整个生命都依附于如此脆弱的身体，依附于心肌的每一次收缩和伸展。

　　火车在铁轨上敲打鼓点，则完全是另一回事。那是一种能够让他深陷其中的声音。那是一种由外而内的声音。他幻想将整列火车塞满来自全国各地精神敏感的人——让他们闭上眼睛，然后将头贴向火车的塑料内壁，这趟火车定期从哥本哈根开往奥胡斯——也许会一路开到奥尔堡。这种方法可以成为一种火车疗法。如果他的疗法也能在别人身上见效，那么一定能够为社会节省数十亿丹麦克朗。而且，丹麦国家铁路公司在未来的许多年都一定会乘客满盈。这种疗法的窍门，就是让人们闭上眼睛，沉浸在声音中。对他来说，一开始也很困难，因为他一直渴望查看手机或者手表。但是，自从他探望了住在哥本哈根的奶奶安娜之后，不看手机或者手表就没那么难了，那天他的手机正好没电了，他第一次真正感受到火车的隆隆声在自己的身体里回荡。当时他一坐下来，放松的效果就非常明显。他以后一定会记住预订靠窗的座位，这样就能将头靠在车厢的内壁上了。

　　他低头看着自己的运动鞋。有一根鞋带松松垮垮。他更喜欢在网上买新衣服，这样就不用与形形色色的陌生人在街上摩肩接踵了，但是他的母亲坚持认为，买鞋子还是得去实体店。必须先试穿一下，才知道一双鞋合不合脚，这就是为什么他很少在网上买新鞋。这双破旧的鞋子让他郁郁寡欢。或者让他想起身体里的沉疴痼疾。他像往常一样总是期待探望安娜，但是这次旅行的终点不是她位于哥本哈根的舒适的公寓，而是位于海勒鲁普的圣路加临终关怀医院。她在此住院已经有一个星期了，这是他第一次去海勒鲁普看她。他这一整年一直盼望夏天的到来，因为安娜的退休生活将从那时开始，与此同时，他自己的高中二年级也结束了，他和奶奶将一起环游欧洲。

安德烈需要离开自己的小圈子，而安娜想让他放眼看世界。她这一生奔波不断，有时是作为游客跋山涉水，有时是作为冥想星公司的研究总监出差。她曾经乘飞机去纽约、东京和伦敦参加各种会议，而退休后，她的人生将步入一段完全不同的、与安德烈相伴的舒缓之旅——坐着他喜爱的火车。这本来是她送给他的一份礼物：坐火车环游欧洲。无论是对她还是对他而言，这都是一次教育之旅。

但是现在，她生病了。这种病一开始让她恶心、盗汗、体重下降，在很长的一段时间里，她将其当成压力导致的各种症状。之所以被迫承担重重压力，大概是因为她必须完成所有的工作任务。她在真正有必要退休之前就提前辞职了，因为新任的人力资源主管或多或少毁了她的工作乐趣。他从美国引进了一个组织发展的概念，命名为"超级表现"。安德烈能记住这个名称，是因为奶奶曾经如此多次地提到它。而且奶奶每次提到时，总是用一种揶揄讽刺的腔调。安娜说过，"超级表现"听起来像某种护发产品。在她看来，"超级表现"已经让自己的研究团队分崩离析了。它解雇了经验丰富的人，同时引进了新加坡国立大学的新人才。据安娜说，尽管这些新手每天至少工作12小时，却从未真正融入安娜花费10年时间建设的团队。辞退的老同事有无法替代的作用，新同事又很难挑起大梁。与此同时，安德烈也听安娜说过，冥想星公司曾奋力将名为"创生"的、激发创造力的药丸当成头等大事。电视新闻也报道过这个事情。该公司曾期望通过一种药丸赚取数亿美元，它能使儿童、中学生与公司员工更有创造力。但是对安娜而言，这个项目太难了，以至于压力导致的许多老症状又开始在她身上出现。当她最终去看医生时，事实很快就清楚了：诊断结果比自己的设想要更严重。她得了胃癌。当她坚持要求获知准确的大限之日时，医生说是几个月后而非几年。

许多年来，安德烈与奶奶很少联系。她是他的奶奶，但是他的成长过程中一直与母亲单独生活，他们从不联系父亲，也很少联系父亲的家人。安娜一直忙于自己的事业，但是当安德烈应该读高中时，她带着一大摞书和一把银纸刀出现了，然后将这些东西送给安德烈，他们从那时起定期联系。很多书都是旧书，而且有些旧书在出版时书页连在一起，所以必须用银纸刀裁开。她清楚地表示，他是否想读这些书完全取决于自己，尽管她本人喜欢文学，而且想和他进行相关的探讨。《白鲸》是她最爱的一本小说。安德烈收到这些书的4年内，也许读了三分之一吧。

自那之后，他们之间的联系越来越多了。安德烈要么去哥本哈根探望她，要么会通过电话和聊天软件与她交流，每星期至少一次。他是她唯一的孙子，与安娜谈话能让他镇静，其功效几乎就像火车旅行一样。

两人的关系很好，有时他还直接叫她安娜，而不是叫奶奶。据他母亲说，他总是有一个感性的头脑，从他很小的时候起，就无法与自己的同龄人相处得很好。有一段时间，当他刚开始到学校读书时，早上拒绝走出家门。他倾向于担心一切，从担心疾病到担心美国总统可能会想什么。随着他年龄的增长，这种焦虑逐渐消失了，或者至少有所缓解，然而，他越来越没有精力去上学以及参加母亲坚持要他参加的足球队。他真的什么都不想要，有时还会恐惧社交，他更喜欢通过手机与别人交流。

他小时候曾经去找心理医生，以对抗焦虑，而作为一个青少年，他难以找到一种更有效的方法。现在，他被诊断出患有抑郁症，正是在这时，心理医生介绍他进行冥想、接受心理治疗，并且在一段时间内服用抗抑郁药。然而，安德烈发现自己无法忍受这些药物的副作用。他很讨厌报纸上刊登的关于"幸福药丸"的报道。至少它们不适合他。它们更像是催吐药。他的心理医生认为，前方的出路是他必须更好地了解自己，以获得更多的自我价值感和诸如此类的东西。这让他想起了教育者和老师们一直对自己说的话。在整个学生时代，他一直在练习给自己贴标签，以确定自己的个人学习风格（他是一个善于"看的孩子"，而非一个善于"做的孩子"），还记录自己学业和情绪方面的发展。当他害怕去上学或者踢足球时，他的母亲总是说，他必须成为他自己。而且后来那位心理医生也坚持这样做："你必须成为你自己，安德烈！去发现你是谁！"他对这些短语了如指掌，在他充满恐惧的童年时期与沮丧的少年时期，他曾经一次又一次地听到这些短语。但是，一个人如何成为自己呢？当他悲伤地躺在沙发上看《权力的游戏》时，他真的成为了大部分的自己吗？这是一个吓人的想法。这并不是因为他想要成为别人。更重要的是，他并未真正崇拜任何人。也许安娜除外。她是他能想到的唯一的榜样。

班上的其他人其实都很好，但是对安德烈来说，他一直都很难与他们自然地谈话。他有时认为他们和自己一样，专于他们自己。在课堂上，他们一直在谈论他们自己的经历。无论谈的主题是丹麦语还是历史，这些谈资必然将与他们自己的经历有关。这并非因为他们懒惰。绝大多数人可以通过考试，而且许多人可以取得好成绩。安德烈也是。他在平时的各项考试和高考中表现非常好。读小学的时候，老师甚至说他名列"前四分之一"，然而，他没有好朋友。其他人似乎都有朋友，他不太明白他们如何能找到时间交朋友。他们在学校里学习、健身，并且不断在社交媒体上发帖。无论去哪里，他们都渴望成为最好的，而且是从零开始。他们被自己的学校测量和评估，他们互相竞争以展示自己所能达到的最高绩点。与邻近的高中相比，这所高中长期以来一直在与所谓"平庸"做斗争。新任的校长最近举行了一次晨会，讲述了"引人注目的学习"，丹麦师范大学的顾问将其称为全方位的学习。现在几乎在所有科目上，学生们都比以前取得了更高的成绩。

安德烈在火车上并没有想这些。他在想自己的鞋子。还有他的奶奶。他在想，她还能活多久。他也在想自己多年来真正期待的一件事——他们的环欧火车旅行，或者她所说的"教育之旅"，现在必须被取消了。母亲直截了当地说，自己肯定不会在火车上度过夏天，所以她不能作为奶奶的替身参与这次旅行。

※

安娜已经答应支付出租车的费用。她有足够多的钱，就算到她去世的那一刻也花不完，所以他直接从中央车站的火车上走下来，坐进一辆向北开往圣路加临终关怀医院的汽车。初夏时节，临终关怀医院非常漂亮。那里有一排排老树、绿色的树篱和草坪，一栋带有红瓦屋顶的黄砖建筑矗立在蓝天下。当他走向安娜的客厅时，他已经能感觉到这个地方的平静。当他走进来时，她坐了起来，微笑着。她的头发已经变得稀疏灰白，她却仍然拥有炯炯有神的目光，她用成年人惯于教导人的低沉声音说话。

"嘿，安德烈，途中顺利吗？"

"是的，"他回答说，小心翼翼地拥抱了她。他可以感觉到，她变得更瘦了。她本人穿着宽松的衣服，但是她的手臂与肩膀很纤细，似乎很脆弱。

"你不必问我怎么变成了这样，"她温和而确定地说，"我不想谈这个问题。我宁愿听关于你的事情。"

"没有太多好讲的东西。"安德烈回答说，他不想用自己的孤独或者悲伤打扰她。她是一个即将去世的人啊。他们偶尔也会谈论他的各种问题，但是只有当他们谈论政治、电视剧或者书籍时，他们的对话效果才是最好的。这并不是说他们故意避免谈论更多的个人问题，而是安德烈将他们的谈话看作自己人生中为数不多的绿洲之一，在那里，两个人都不会有别有用心的动机。他们只是谈论他们都感兴趣的事情。现在他觉得无论如何都必须问问她的情况和疾病。好吧，这就是你应该做的。

"嗯，事情是这样的，"安娜说，而他还没来得及问那个礼貌的问题，她指着一个看起来像老式帆布购物袋的东西，那里面有一堆书，"将这些书拿走吧。"他接过袋子，低头看了看。袋子里有各种各样的哲学和科学书籍，但是也有许多打印在A4纸上的厚厚的文稿。他拿起那份文稿，大声念着标题："何以为人？"文稿也许有400页，上面写着密密麻麻的文字。"这是谁写的？"他问。上面没有作者的名字。"一个老相识，"她回答，"它一直没有出版，因为作者忙于其他事情。它还没有完全写完，但是我认为你应该读读它！"他迅速翻开书页，看到各章都附有一个拉丁文名称。有一章提到智人，另一章提到理性人。似乎所有的章节都围绕着关于"Homo"的一些内容展开——他知道这个词在拉丁语中是"人"的意思。

安娜伸手去拿手稿时开始咳嗽，所以她放弃去抓取手稿，并且躺回了床上。"我知道你一直在期待着我们的旅行，"她说，然后继续说道，"事情是这样的。我认为你还是应该去。即使我去不了，你也应该去。而且你应该带上所有这些书。当然还有这本手稿。我很久以前就订好了这趟旅行和所有的酒店，所以真的只是你去不去的问题。"

他突然热泪盈眶："你知道，我想和你一起去旅行。而现在你生病了。如果我独自去旅行，我就不能探望你了。"

"不，你的身体虽然来不了这里，"她回答道，"但是我们可以通过聊天软件继续聊天。这样，你就可以用相机向我展示你旅行的各种地方，我们可以谈论你沿途所经历的事情，谈论你阅读和思考的东西。你仍然将参加教育之旅，而我会在病床上陪你。这是我的建议。"

他不太知道该说什么。安娜是一个话痨，所以她将话题转向了别的地方。她讲述了临终关怀医院的食物，以及她在报纸上读到的一篇文章，它描述了一些据说已经改变的大脑构造，是在恐怖分子身上发现的。"世界如此之大，安德烈，有如此多我想知道和体验的东西。现在轮到你去了解和体验了。这是你的责任。"她看着他认真地说。他可以看到，她的眼睛在闪烁，她的声音是坚定有力的。他从未想过自己将会独自环游欧洲。但是很明显，安娜想要他这样做。她去不了，但是她也许可以通过他的眼睛和相机来体验这趟旅行。

　　一名护士走了进来,她是来给安娜采集血液样本的。原来已经过去了一个多小时。他们互相拥抱,安娜抓住他的肩膀,扬起眉毛说:"怎么样?"

　　"我要走了,奶奶,"他说,"我将踏上你安排的教育之旅。"

1 生物人

蚯蚓

法国

智人

"我在世界里,世界在我心里。我们帮助自己创造了这个世界,同时世界也创造了我们。就像蚯蚓一样,只是以一种更复杂的方式。"

拉斯科洞窟

达尔文

玉米

自从安德烈探望安娜以来,已经过去了一个星期。他又去了一次临终关怀医院,除此之外,他还花了点时间看书、收拾行李以及玩电脑游戏。他将带上安娜给他的所有书籍,当然还得带上环游欧洲三周够穿的衣服。还有充电宝,当他不在酒店或者在火车上充电时,可以使自己的电脑、手机和平板电脑处于充电状态。

"当我年轻的时候,曾经借助国际铁路游历,"他的母亲说,"那时没有手机和电脑,我们每周用公用电话给家里打几次电话。真不敢相信现在需要带这么多设备!"过了一会儿,她再次来到他的房间,说,"别忘了每天给我打电话或者用聊天软件聊天!你不得不独自旅行,这让我感到如此难过。真的没有可以和你一起旅行的同伴吗?"

没有。他不知道该问谁能不能一起去。如果班上有人会答应和他一起旅行,他就根本不想去旅行了。这一周,乘火车环游欧洲的想法在他心中滋生着。他其实想独自旅行。他可以在不同型号的欧洲火车里尝试他的"火车疗法",同时可以看到世界上的一些新鲜事物。

"别忘了带你的维生素片,"他的母亲在厨房里说,她已经去泡茶了,"别忘了每天至少做三次放松运动。"

※

第一站是法国。安娜已经制订了一个旅行计划,她会在一路上逐渐向他透露。"如果我能来,我们也会按照这个计划行事。"她在电话里解释道,"让我们试着坚持下去。如果你真的想知道整个计划,那么请告诉我。我并没有坚持要保密。"

通常,他不喜欢惊喜,但是在这种情况下,这似乎是一个有趣的想法。而现在,他正坐在第一列外国的火车上,在隆隆声中穿过德国。他在手机上与安娜交谈,安娜说:"去读我给你的手稿的序言,我们稍后再谈。我想小睡一会儿。"她说完这些,就挂断了电话。他找出《何以为人?》这部文稿,并且阅读起前几个段落:

这本书是关于成为人意味着什么。亲爱的人啊,首先你必须知道,人是唯一的可以成为没有人性的存在。这听起来像一个笑话,然而,这句话是认真的。这句话表明,对于人来说,人性是否是一种特殊的事物,这是一个问题。狗是狗,这不是一个问题。它就是这样。尽管狗有时具有攻击性并且攻击人类,但是我们不能因此就说它们没有人性,也不能说它们"不像狗"。它们始终是狗,无论它们是在阳光下休息,还是在灌木丛中游走和咆哮。当然,在某种程度上,人总是人。无论我们思考出什么东西,我们都属于智人这个物种。但是,实际上我们能够成为没有人性的人。当我们说某人是没有人性的人之时,要么是积极的,因为他们做出了令人钦佩的壮举(例如,打破马拉松纪录需要"非人的努力"),要么是消极的,因为他们的行为从头到尾都是邪恶的。例如,我们这样说是正确的,纳粹试图灭绝犹太人的行为是没有人性的。在此,我们认为,纳粹违反了普遍的人际关系价值观,违背了基本的人性。他们是没有人性的,尽管他们仍然是人。我们也可能成为那样的人,因为人心相通。

所以你必须成为人,否则会变成没有人性的人!各种狗、各种猫和长颈鹿不是没有人性的,因为它们不是人。只有人可以是没有人性的,这是一个悖论,表明人是一个总是有点偏离自己的存在。地球上的其他生物与世界的关系更直接,并且对自己熟悉的程度更高。当狗饿的时候,它会寻找食物;当狗发情的时候,它会寻找另一只狗来交配。人与饮食和繁殖之间的关系,呈现出完全不同的复杂性。当然,我们也与狗和其他哺乳动物一样有本能,但是我们的饮食和繁殖没有它们那么直接,这些行为也并非直接由本能驱动。因为除了自我保护和延续血统的本能与冲动之外,我们人还有一种自我意识,使我们能够与自己的本能与冲动发生联系。我们可以这样做,因为我们生活在不同的文化中,它对吃什么和什么时候吃,以及一个人可以和谁结合以及什么时候结合有不同的规范。当然也是因为我们有一个很大的大脑。我们与狗不一样,我们并非总是随心所欲,因为我们的欲望受到文化规范的影响和调节,我们也可以在一定程度上学会自己调节。

所有这些都意味着,成为人本来就比成为狗更难。成为人,就是一项责任。狗就是一只纯粹的狗——无论它做什么。它可以感受痛苦和快乐,但是它无法问各种存在的问题，无法为自己的遗产担心，也无法为多年前自己的所作所为感到有罪恶感。但是，人必须成为人——而且他在成为人和是人方面可能有许多问题。当然，新生儿在其生命开始时就是一个人，与此同时，他必须学会在一生中实现他的人性，避免成为没有人性的人。

也许一个人实际上能成为的最好的东西就是：一个人。但是我们真的知道人是什么吗？我们是否知道，我们如何成为真正意义上的人？我们如何完成成为人的这次任务？

大多数人都知道针对人的生物学定义：智人。但是，除此以外，我们是什么呢？我们是好斗的、有爱心的、勇敢的、寻求安全的、理性的、情感的，还是这一切的混合体？我们是按照神的形象被创造的，还是仅仅是一个进化的物种？不同的文化创造出了人的各种面向，人们通过这些面向来了解自己，这本书试图在其中一些面向的背后总结人的一些基本特征，这些特征也许会提供对人的某种概述。作为作者，我希望这样的概述能够具有指导意义，无论是对正在成长的新人，还是帮助他们成为这样的人的老人（他们自己也许需要反思一下，人是一种什么样的存在）。

所以总结一下：这本书的核心是关于成为人和人的本质是什么。与我们这个时代的许多关于自我发展的书不同，它不是关于如何成为你自己——即成为一个独特的个体，而是关于如何成为一个完整的人。不是因为成为自己不重要，而是因为在以强烈的个性化为特征的年月，需要重新审视成为人的问题。有些书甚至会否认有共同人性这种东西。这本书不会否认。它是我们作为普通人必须获得和理解的东西，因为知道一个人作为一个存在来说，到底是什么？这是一个重要的问题，而且先将自己视为一个人是有建设性的，其次成为具体的个体，当然也是重要的。至少，我是这样认为的。首先成为人，然后成为个体。

很难一劳永逸地证明这一点，然而，我的感受和希望是我们都能够理解，人生下来不仅仅应认识你的全部个人潜力和实现个体的成功，最重要的是成为人。因此，这本书邀请读者沉浸在关于人是什么的一些基本视角中，这些视角塑造了我们的文化和自我理解。我们可以将这些视角称为人的面向，对它们的了解可能是认识人生中最重要之事的先决条件：实现我们的人性。而这样的知识也许可以保护我们免受最坏情况的影响：没有人性。这就是所谓的人文主义的基本思想，本书试图以自己的方式发展这一思想。

尤其是哲学，历史上它一直在反思人是什么。在古希腊苏格拉底著名的辩护演说中，这位被判死刑的哲学家对自己的朋友说：

> 如果我说，对一个人来说，实际上每天讨论这些话题，比如成为一个正派的人意味着什么，比讨论你听我谈论的所有其他话题可以得到更多的好处，当我审视自己和他人的人生时，你会更相信我：只有当我们的人生被允许接受我们严格的审视时，这样的人生才值得活下去。

苏格拉底认为，缺乏审视的人生是不值得过的。而且他几乎没有想到，现代人在向内看并且寻求了解自己独特的人生和可能性时，会进行怎样的自我审视。苏格拉底宁愿让他的听众争论什么是人本身，争论如何成为一个有分寸的人。古希腊运用哲学不是为了"个人发展"或者成为最好的自己，与之相反，它是为了搞清楚什么是正义、美与善——最重要的是成为最好的人。

这是本书所赞同的对哲学的理解：作为一种思考的艺术，哲学可以帮助我们大家完成成为人的任务，并且帮助我们避免变得过于没有人性。哲学不仅有助于你们的思考，而且有助于你们的人生。这本书首先展开了一些基本的人之面向，每一个面向都包含了关于人的一部分事实，它们共同构成了一幅接近于完整的画像。

我们的第一章从智人开始：智人是达尔文对人的描述，他认为人是一种与蜜蜂、天鹅和黑猩猩等其他物种一样的社会性动物。这是我们在现代进行自我理解的一个非常重要的来源，正确地表达这个面向是很重要的，也就是说，不要将人降低到比其实际的地位更低。我们可能是一个自然进化的物种，然而，我们是一个非常特殊的物种，我们拥有语言、同理心、自我意识以及道德。所有这些现象，都很难被理解为进化意义上的为生存而斗争的表现。我们是一个动物物种的想法对有些人来说仍然具有挑衅性，然而，我相信它可以成为理解我们与所处世界之联系的基础，我们现在对这个世界的责任越来越大了，因为我们作为人正在影响我们地球上越来越多的进程。正如《小王子》中所说的那样,"我们要对我们驯服的东西负责",人已经逐渐驯服了自然的很大一部分,因此有可能忘记他自己也是自然的一部分。提醒人记住上一句话,是教育的一项核心任务。

安德烈从文稿中抬起头来,看向窗外。突然间,半个小时过去了,在这期间他没有看自己的手机。他甚至没有感到想要靠在火车车厢壁上感受舒缓节奏的冲动。"人是什么?"这是一个好问题!他以前从来没有问过这样的问题。别人经常问他是谁。"你到底是谁,安德烈?你想要什么?你的梦想是什么?当你长大以后,想做哪一行?"如果你对这个问题的回答是"人",那么很难被任何人接受。也许作者是对的,在放弃成为自己之前,必须问更基本的关于人是什么的问题。

他放在火车小桌上的平板电脑亮了起来,上面有一条信息。安娜在给他打语音电话。"你读过序言了吗?"她问。"是的。"他回答道,"它真令人兴奋,尽管也许有点枯燥。"

"不管怎样,只要它攫住了你就好,"她说,"因为你要在自己的教育之旅中读完整本文稿。也许还可以读手提袋里的其他书。"

"我将去法国的哪里呢？"他问。

"去多尔多涅，"她回答，"嗯，那是法国西南部稍稍往下的地方。首先，你将乘火车抵达大城市利摩日，然后去苏亚克小镇。当你到那里时，只需一个小时的车程就能到达教育之旅的第一站。那里有拉斯科洞窟。你将在那里看到许多洞窟壁画。那是我们所知道的最古老的手工艺术。"

※

安德烈在苏亚克一个舒适的、名叫普兹奥伯格的家庭旅馆过夜。他与女房东克劳丁说了几句法语，女房东安排人开车送他去拉斯科洞窟。这并不是因为他会说很多法语，而是手机里的翻译软件提供了帮助，这很有必要，因为克劳丁能说的英语几乎和安德烈能说的法语一样少。但是她很友好还面带微笑，安德烈发现，和面对面谈话相比，用面部表情和通过手机进行对话是一种解脱。他从来都不擅长闲聊。他一直觉得闲聊很尴尬,而且他不喜欢别人长时间盯着自己的眼睛。克劳丁没有那样做,她散发出一种温暖的气息,当他们交谈时,她握着他的手臂。她的表弟在洞窟附近的一家咖啡馆工作,反正他要去那里上班,所以不妨将安德烈带上。安娜已经提前安排好了一切,还给克劳丁发了一封关于安德烈即将到来的电子邮件。对安德烈来说,第一站应该是很容易的。当他第一次独自一人在离母亲近1000英里的地方时,不应该让他进行太多的即兴表演(与陌生人社交)。

安德烈看到这些洞窟时很兴奋,但是在小镇里待着也很好。苏亚克并不大,然而,它像一张明信片一样宁静而美丽,尽管不如他和母亲去过的伦敦或者巴黎那样狂野和令人印象深刻。经过漫长的火车旅行后,他在酒店——或者旅馆,更可能是客栈——睡了半天。这是一家非常古老的旅馆,紧挨着圣玛丽修道院。他在克劳丁给自己的一本旅游手册上看到,这座修道院的历史可以追溯到12世纪,然而,它是在17世纪的宗教战争之后重建的。这座修道院的圆顶非常漂亮,当他坐在前方广场的长椅上,在早晨温和的天气里看着这些圆顶时,他感觉自己整个身体有一种惬意的平静。

安娜给他打视频电话了。"你准备好去洞窟了吗?"她问。他可以在屏幕上看到她。她的面部皮肤都是灰色的、凹陷的,但是她的眼睛闪烁着。

"是的,我想是的。你为什么选择将洞窟作为我们的第一站?"

"因为就我们所知,它们包含了一些人类早期的艺术。"她回答说。"这些洞窟壁画有15000多年的历史,也许长达20000年之久。它们是在1940年被一只名为'机器人'的狗发现的。这不是很棒吗?机器人!"安娜笑道。

她一直很留意各种名字。安娜讲述道,"机器人"的主人是马塞尔·拉维达,当他——或者说他的狗——在第二次世界大战爆发前后发现拉斯科洞窟时,拉维达只有18岁。"看看这些洞窟壁画有多美。"安娜一边说,一边将手滑向她床边的墙壁。有一张海报是她从哥本哈根的公寓里带来的,上面有一张公牛的照片,拍摄于拉斯科的洞窟石壁。

"你能想象那幅画也许有20000年的历史吗?"她问。太阳现在高高地挂在天空,所以越来越难看清楚屏幕,但是安德烈可以很好地看出，那是一幅奢华的壁画。许多动物图案被画在一起或者重叠在一起，有鹿、马、公牛。安娜说："洞窟壁画上最大的公牛有5米多长，石壁上总共有将近6000个人物。这太不可思议了！我不敢相信他们能画成那样。毕竟，他们无法通过参观艺术学校或者博物馆获取灵感。这些图案都是他们自己想出来的！"

安德烈很高兴听到了安娜声音中的热情，他知道当她开始行动时，她可以就自己心中的任何问题进行长谈。他希望不会因此加重她的病情！他记得自己最近读到一则新闻，说一些洞窟壁画也许是尼安德特人画的。当他向安娜提出这一点疑问时，她毫不犹豫地回答说："这个推测不适用于这里，因为在拉斯科的艺术作品被画出来之前，尼安德特人就早已灭绝了。但是，在西班牙确实有超过60000年的洞窟壁画，那也许是尼安德特人的作品。"

"你到底是怎么知道这一切的，奶奶？"安德烈问道。他无法理解的是，她对洞窟壁画有如此多的了解。她的专业背景是科学，而非考古学或者艺术史。

"你认为我在病床上做什么呢？我每天都有一些美好的时光，我可以用电脑工作，花很多时间在百科和其他网站上。它们是我的蜂蜜储藏室。否则我就无法成为你的向导了！我很想在这上面花更多的时间，然而不幸的是，我很快就会觉得累。"

尽管苏亚克的气温已经逐渐变得相当高，但是安德烈感到身体里有一种刺骨的寒冷。因为他想知道，安娜究竟还剩下多少时间。"你确定要花时间阅读关于古老的洞窟壁画的资料吗？"他问道。"在你这样的身体情况下。"他想要补充，但是考虑到她严重的疾病，他没有补充。"是的，当然，"她回答说，"我宁愿什么都不做。你知道，也就是说，你知道我宁愿身体健康，然后和你一起旅行，然而，现在这不可能了，接下来最好的事情是向你展示人的最重要的一些创造物。这里是人在拉斯科创造的事物。虽然听起来很奇怪，但是想到作为一个现在至少还能生活一小段时间的人，想到我是创造这些难以置信之壁画的古人的后裔，这让我很高兴。我们都是世代变迁的一部分，安德烈。我们每个人都是伟大的自然的一小部分，不是吗？你有没有记得将文稿带来，这样你就可以在一路上阅读？"

安德烈带了文稿，他不得不快速说再见并且挂断电话，因为克劳丁的表弟刚刚开着他小小的标致车来了，他在安德烈面前猛踩刹车，显然知道自己将要带走的是安德烈，他甚至没有下车就将乘客门打开了。"跳进来吧。"他用流利的英语说。他介绍说自己叫西蒙，安德烈上车后，西蒙很快再次加速。

开车去山洞大约需要40分钟。西蒙和安德烈用英语交谈得很好，安德烈认为用英语与他人交谈实际上要容易得多。尤其是在他们开车的时候交谈，这样他就不用与司机有眼神交流了。西蒙在穿越多尔多涅乡村的蜿蜒公路时开得很快，他一路上谈了很多关于拉斯科的事情："是的，我实际上从未进入过洞窟，你也不会进入。"

"为什么不会呢？"安德烈问道，"我们现在不是要去那里吗？"

"是的，但是只能进入洞窟的复制品。真正的拉斯科洞窟自1983年起就被关闭了。事实上，早在20世纪60年代，由于游人在里面进进出出，还咳嗽，因此，当真菌开始出现时，参观就受限了。在20世纪80年代，它们被完全关闭了。现在只有少数科学家在特殊情况下才被允许进入。我认为它们不会再向公众开放了。"

安德烈想象着那些巨大的洞窟，想象眼前出现许多壁画。在某种程度上，虽然它们只是躺在与人隔绝的地方，但是它们可以让人感到非常满意。就像海底的一个失落的王国。"这有点像一只蝴蝶，"西蒙说，打断了安德烈的白日梦，"当人类触摸它或者拿起它时，翅膀就会被破坏，它就不能再飞了。这就是我们对那些洞窟做的。我有时认为，我们人倾向于破坏自己认为最好的东西，因为我们想抓住它。有些事情人们必须学会搁置一旁。你知道，我只能在咖啡馆工作，因为拉维达在80年前就发现了这些洞窟，所以我不能靠发现这些洞窟出风头了。"

"实际上是他的狗发现的。"安德烈说。

"啊，是的，这是真的。那只叫'机器人'的狗！"他笑了起来。

※

他们来到了拉斯科二号，也就是所谓的洞窟复制品。西蒙让安德烈下车，并且同意在他结束工作后与安德烈见面。安德烈购买的票只有在特定的时间才能进入，所以他要等上几个小时。现在天气变热了，他给自己买了一瓶汲那牌香橙果汁汽水,坐到新的人工洞窟群外的几棵梧桐树下。他将头靠在树干上,闭上眼睛,能够听到蝉鸣。它们实际上发出了很大的噪声,然而,这是一种美妙的噪声。他想象,蝉的祖先在20000年前也曾发出同样的声音,那时穴居人——不知道是否可以这样称呼他们——已经搬进了洞窟,还画了许多图案。他想更多地了解生活在那时的人们。也许安娜知道些什么,他打电话给她。

"你到那里了吗?"她问。

"是的,我正坐在这里,等着轮到我进去。但是你知道吗?只能看到洞窟的复制品。"

"是的,我知道。但是你必须自己发现这一点。你介意这件事吗?"

"我有点失望。"

"我很能理解。许多年前我在拉斯科的时候也有同样的感觉,但是我真的不知道为什么它令人失望。因为物理空间具有完全相同的比例,即使它是副本。而且这些壁画与原作完全相同。然而,我们人还是更喜欢看原作。想到史前人通过在洞壁上画动物,从而复制动物,现在现代人又复制这种动物的复制品,我觉得很可笑!有人认为这就是文化的定义。我们用字符和符号来指代其他字符和符号。复制品的复制品。这就是机械复制时代的艺术作品……有时候我们完全忘记了在自己的文化现实之外还有一个世界。哎呀,我想自己正在授课吧!我的话跑偏了,很抱歉!"

"这并不重要,"安德烈回答,他真的被安娜的话语吸引住了,"但是,是什么样的人画了这些洞窟壁画呢?"他问。

"嗯,从许多方面来说,他们是和我们一样的人。他们是智人。但是他们作为猎人和采集者生活。只有成群的人,城市或者国家尚未出现,我们对他们知之甚少。是的,你在学校就知道了,是吗?"

"是的,"安德烈回答,"我对他们有一点了解,然而只是一知半解。"他想鼓励她讲述更多东西。他爱听她的迷你授课。好像她说的每一句话都是重要的、决定性的,包括那些喃喃自语的话。

"他们的身体和大脑与我们的非常相似。我在一本书上看到,当时地球上大约有两百万人。想一想,今天我们已经有75亿人了!据估计,我们这个物种至少有20万年的历史,可能还会更长一些。我们是在东非的大草原上进化的,但是谈论'我们'进化真的很有趣,你不觉得吗?"

"什么意思?"

"嗯,当我说'我们'的时候,我的意思是我们和几万年前生活的人是一种群体。也就是说,他们也是像我们一样的人。这一点使我们能够说'我们'。"

"我们是如何产生的?或者他们,也就是说……人是如何产生的?"安德烈问。

"这是因为达尔文发现的一切。自然选择,对吗?但是研究人员并不完全同意,让早期人类在生存方面具有优势的是什么呢?他们为什么没有直接消亡?我曾经有一次在会议上遇到一位研究人员,他研究的是依据我们的进化史来理解人的各种疾病。他认为我们——或者说他们——用两条腿直立行走的能力是至关重要的。在智人以前的一些生物显然能够直立行走,这种突破是由于各种持续的基因变异而发生的,这使得这些生物能够在白天的阳光下狩猎,因为它们全身不会被灼伤。阳光只照在头上,这就是为什么我们头上有头发,对吗?我们的散热能力比有皮毛的哺乳动物要强得多,而且我们可以比几乎所有其他动物跑得更久。其他许多哺乳动物的速度都比我们快，然而，智人可以在非洲的高温下耐心地追捕动物，直到猎物力竭倒下，然后就有食物了！而且，由于他们的手解放了，他们不必像许多生物那样用四条腿走路，可以开始使用工具，例如屠宰动物，并且发展出各种精细的运动技能。与此同时，这个物种的大脑变得越来越大，它也使复杂的社会生活形式和语言成为可能，所以总的来说，有很多东西一起发挥作用，它们创造了我们：智人。"

"我在生物课上学过达尔文的进化论。这是关于适者生存的，不是吗？"安德烈问，"丛林法则是主宰者吗？"安娜的叙述让他的头脑里有一种滑稽的感觉。一种对地球的从未有过的归属感在他心里油然而生。然而，当他认为自己是一个为幸存而斗争的动物时，他的胃里也有一种奇怪的渴望。他低头看了看自己的双脚，又看了看双手。他不敢相信，这些身体部位始终在他身上，是他习以为常的一部分，它们有这样一段可以追溯到几十万年前的历史。他能感觉到安娜的嘴角有一丝喜悦的微笑。

"我想这是一个有点简化的达尔文版本，你知道吗？"安娜说，"我现在很累，需要休息，但是我认为你应该拿出文稿，读一读关于智人的段落。也许你可以在去看洞窟壁画之前读一下。我想说的是，人之所以与众不同，是因为我们已经废除了丛林法则，至少部分废除了丛林法则。"

"我很愿意，"安德烈说。他们同意在他参观完洞穴后再次交谈，而他翻阅起《何以为人？》这部文稿。

亲爱的读者，你是一段漫长历史的一部分。那是很悠久的一段时间。137亿年前，宇宙由大爆炸产生。46亿年前，我们的太阳由一个星际气体云的引力塌缩形成，而我们的地球也是在同样的宇宙事件里产生的。生命的出现不得不花费十多亿年的时间，而我们这个物种——智人，在我们现在称为非洲的地方突然出现，然后蔓延到整个地球，带来了既美丽又可怕的后果。"可怕"是因为，根据地质学家的说法，我们现在的行为意味着我们生活在人类世，在这个时代，人——希腊语用"antropos"这个词表示人——已经成为塑造地球的一种自然力量，就像地震和火山爆发那样。我们已经成为一种影响地质的因素。"美丽"是因为我们创作了洞窟绘画、交响乐、哲学和制度，并且为独特地成为这个世界的一部分而感到高兴。

对我们现代人来说，我们生活在达尔文革命性的主张下，即人是一个动物物种，人和所有其他物种一样，在不断变化的世界中一直在进化和适应，很难想象我们在历史早期是如何看待自己的。达尔文的《物种起源》晚至1859年才出版，在此之前，大多数人认为是神创造了人和地球上的其他生物，使他们具有精巧而且完善的形式。今天很难理解这一点，然而直到几百年前，人们还认为地球和宇宙只有大约6000年的历史。没有人知道人有史前史——在人出现之前有一段深度时间。

达尔文凭借进化论加入了科学家的行列，他们以各种方式动摇了人作为创造中心和顶峰的角色。大约500年前，天文学家哥白尼证明了地球绕着太阳运行，而非太阳绕着地球运行。他所谓的日心说世界观将太阳作为太阳系的中心，这在教会眼中是大逆不道的。然后在大约160年前，达尔文声称，人并非智能设计者构想出来的一种不可改变的生物，而是像所有其他生物一样，受制于自然中的各种变幻莫测，人必须在其中适应和进化。而在大约120年前，神经科专家弗洛伊德带着他的心理学理论（精神分析学）出现了，他认为人甚至不是自己房子的主人。我们有意识的经验和决定只是心理生活的表面涟漪，由根植于个体童年的各种无意识进程和动力组成。

作为天文、进化和心理过程的一部分，我们都是以自己无法完全控制或者辨别的方式被创造出来的，这给人生增添了一丝随机性。哥白尼、达尔文和弗洛伊德都是伟大的科学家，他们将人类拉下了崇高的宝座。我们现在知道，我们属于智人这个物种，生活在一个不确定的世界里，无法保证自己一定幸福或者成功。那么我们在这里可以做什么呢？你知道，达尔文在他最后一本关于他花了近40年时间研究的蚯蚓的书中回答：我们一定有点像蚯蚓。但是以后会有更多关于这个问题的答案。

达尔文也许是世界历史上最著名的科学家。他的思想彻底改变了我们对自然的理解，也改变了人对自己的理解。这样一来，就有了前达尔文时代和后达尔文时代。他对自然过程进行了细致的观察，也将自己的观察结果融入了各种整体的、解释性的理论中。他进行了一次持续5年的著名的旅行，乘坐小猎犬号到南美洲和加拉帕戈斯群岛。另外，这也是他一生中唯一一次比较长的旅行，当他回到英国时，他更愿意和家人待在乡下的房子里，在那里进行研究，度过余生。

有几种动物以达尔文的名字命名。许多人都会想到雀鸟。这些鸟类生活在加拉帕戈斯等地，在那里出现了14个不同的雀鸟物种。主要可以根据喙的形状，将一个物种与另一个物种区分开来。例如，拥有粗壮喙的雀鸟可以吃种子，而拥有尖喙的雀鸟可以接触到隐藏在各种缝隙中的昆虫。达尔文对这些鸟类做了大量的记录并收集了标本，当他回到英国的家里时，他产生了这样的想法，即各种各样的雀类都起源于一个共同的祖先，这个祖先从南美洲乘着风来到了加拉帕戈斯群岛，并且在当地的自然环境中进化。他提出这样一种观点，拥有其他个体缺乏的先天优势的雀鸟会进化得更好，它们将这种优势传递给它们的后代（例如，喙的特殊形状），所以不同种类的雀鸟逐渐互相分离。只要这些物种不争夺相同的食物，它们就可以共存。通常，甚至在一个共同的生态系统中，不同的物种也可以互相支持对方的生命。

关于雀鸟的历史表明，各个物种可以通过适应环境生存下来。那些在环境中具有特定优势的个体将比其他个体生存得更久，因此它们会更多地自我繁殖，这就是为什么它们的特定特征会传给下一代。在这里我们有达尔文著名的自然选择理论。对我们今天的许多人来说，这是理所当然的（至少在我们这个地方），然而，当达尔文在19世纪发表这篇文章时，它是异常激进的。

如果你将达尔文的这种思想贯彻到底，你会很快得出结论，生活在地球上的所有动物，都来自一个共同的祖先，即一种简单的原始生命形式，然后它在漫长的深度时间里进化成为不同的复杂物种。之所以有不同的植物和动物物种，是因为多年来一直存在对特定特征的自然选择。但是要理解达尔文对生物和环境的动态看法，仅仅考虑到雀鸟，以及考虑到一个物种想要生存就必须适应环境是不够的。毕竟，每个生物都同时能够影响它所处的环境。例如，雀鸟吃其他动物，甚至影响自己生活的生态系统。

这就是为什么达尔文对蚯蚓很感兴趣。即达尔文发现，蚯蚓是这样一种生物，生活在表层土壤的它们可以塑造自己的生活环境，塑造得足以使自己适应这样的环境。蚯蚓不断进食，每天产生的粪便量相当于自身体重的1.5倍。这些粪便有助于形成它们生活的表层土壤，并且使土壤变得肥沃，所以有更多的植物和动物可以在那里生活，从而创造更多的有机物质（来自死亡的动物）供蚯蚓吸收，整个循环周而复始。正是蚯蚓与它们环境之间的互惠关系让达尔文着迷。

这种互惠在自然中随处可见，例如在最基本的层面上，当植物"吃掉"动物和人类呼出的二氧化碳时，它们同时向大气中释放出动物和人需要的氧气。当我们呼吸时，我们吸入植物的"排泄物"，当我们呼气时，我们又将营养物质送回植物。这种互惠作用在自然中相当普遍，因为各种条件不是静态的，而是处于不断的动态变化中。这使得达尔文的自然选择理论比适者生存理论要复杂得多，后者认为在特定的环境中，那些最强壮的个体可以生存下来，因为它们是最适应环境的。因为，在某种程度上，没有一个特定的环境可以让个体一劳永逸地适应。毕竟，某些特性赋予生物在环境中的生存优势（因此被选择生存下来），环境也受到生物自身活动的影响。通过这种方式，单个物种与其周围环境的联系，比人们将要想象的那种联系紧密得多。

因此，从一种进化的视角来看，仅仅说能够分辨颜色的鸟类具有优势，并且因为它们能够找到含糖量最高的水果（如红苹果）而被选择生存下来是不够的。这只看到了历史的一个侧面。应该补充的是，果实颜色最丰富的树木比其他树木更容易被鸟类看到，从而散播它们的种子，所以新的树木成长起来，树木的多样性可以延续下去。因此，鸟类不仅仅是为了发现红苹果而发展了分辨颜色的感觉。不，苹果也变成了红色，使自己更容易被鸟类发现。从这个意义上说，生物与环境是不可分割的，并且是共同进化的。

在科学文献中，这种观点被称为"互惠主义"。互惠不仅适用于整个生物及其环境，而且也适用于决定生物如何生长和行动的基因。达尔文还不知道基因——19世纪晚些时候，修士格雷戈尔·孟德尔根据豌豆植物的实验制定了基因规律。达尔文当然也不知道分子生物学家今天关注的表观遗传学，它已经证明基因可以被环境"打开"和"关闭"。他也不知道现代人对可塑性大脑的理解，这意味着我们的大脑以对环境的印象以及与环境的相互作用为基础，所以大脑具有终生的可塑性。我们可以塑造自己的环境，因为我们有巨大的、让我们变得聪明的大脑，所以我们可以建立幼儿园、学校、工作场所和整个社会，然而，我们的大脑也是由它们所存在的环境塑造的。文化环境就是人的表层土壤——是一个我们不断塑造的并且不断塑造我们的世界。

总而言之，达尔文所预示的对变化性和动态进程的理解，从那个时候开始由科学理性变得激进化了。

我们也许认为自己是相对稳定的个体，然而，我们不断变化着，并且与环境互动。在一年的时间里，我们体内99%的原子被替换了。我们的大脑在我们的一生中不断变化着。而我们这个物种本身——智人，在许多方面是自然的动态进程的随机产物，在未来无疑会发生很大的变化，也就是说，还会受到人自身活动的影响。

安德烈突然意识到自己很渴。他已经喝光了那瓶汲那牌香橙果汁汽水，汗水湿透了 T 恤的脖子处和腋下处。他想知道，是一位什么样的作者在书中写下了这些令人眩晕的文字。他想，一定是进化形成的汗腺在炎热中发挥了作用，使他的衣服湿透了。当然，他事先对达尔文和自然史有所了解，然而，一想到人是受制于自然的一种动物，这让他感到害怕。谁知道呢，有一天会不会有一颗小行星撞击地球，将母亲、安娜和他自己都毁掉？就像美国的灾难片一样。如果所有人都死了，那么人本身就消失了吗？就像大型恐龙灭绝了，从而让位于像人这样的哺乳动物。他以前有过这些想法，然而，这是他第一次能够毫无畏惧地思考它们。他真的很喜欢这样的想法，即人没有什么特别的。然而与此同时，他认为，人与地球上的其他生物之间存在明显的区别。这些区别是什么？他继续往下读。

达尔文为什么会对不起眼的蚯蚓如此感兴趣呢？好吧，你可以说，是蚯蚓创造了土壤，反过来，它们自己也是由土壤创造的，因为土壤是它们生命的根源。而达尔文在他的最后一本书《通过蚯蚓的作用形成蔬菜霉菌，并观察蚯蚓的习性》（19世纪的书名可能很长吧！）中，不仅仅是作为一个冷静的科学家对蚯蚓这种遥远的对象感兴趣，也是作为一个寻找慰藉、灵感和精神力量的人。达尔文对蚯蚓的兴趣是存在性的！

当达尔文自己成为一个垂死的老人时，他才写下关于蚯蚓的文章，这绝非巧合。我们通常将蚯蚓与腐烂和死亡联系在一起，而达尔文却认为它们是生育能力很强的、勤勤恳恳的生物。你可以说，通过蚯蚓，达尔文用一个世俗的维护神话取代了一个创造神话（神一劳永逸地创造了世界）。在此基础上，所有生物都必须维持使其生命形式成为可能的各种条件。地球上的生物，包括人，都是自然循环的一部分。关于我们，没有什么是超越自然的。也就是说，我们不是超自然的或者非自然的。对达尔文来说，这是一个启发性的想法。我们，属于智人这个物种，自始至终都是自然的，然而，自然在不断地加工我们自己的身体和我们生活的环境。

这通常被称为文化，但是从一种互惠的视角来看，文化不是自然的反面，自然就是自然本身。即当它培养——也就是加工——自己的时候。人能够以一种比蚯蚓、狗甚至黑猩猩更复杂的方式做到这一点，尽管我们与黑猩猩的基因非常相似。这意味着我们对环境的影响比其他物种更强烈，进化速度也远远高于其他物种。因此，自然史的演变已经成为一种文化史的演变——有时是革命。即我们周围的世界不仅仅是表层土壤和苹果树，还有学校、工厂、医院、大学、电影院、足球场、电视剧和其他许多由人自己创造的东西——它们对我们产生影响，我们将其统称为文化。

可以这么说，文化是为智人而存在的，正如表层土壤是为蚯蚓而存在的。由一个物种自身活动创造的环境，反过来又反作用于该物种。它直接发生在生理层面，由于文化的发展，我们的身体机能已经发生了历史性的变化。例如，石器和武器终究是文化工具，它们的发明导致手指灵活的人脱颖而出，现代人的牙齿也在石器问世后变小了，因为不再需要如此多的咀嚼。我们的消化系统也发生了变化，因为我们学会了生火，因此在准备食物时就已经可以开始消化食物了，就像牛的驯化和利用牛奶作为食物和饮料一样，在一些人群中形成了对乳糖的耐受性，但不是所有的人。

如果生物与环境、身体与环境之间存在如此激进的互惠作用，那么就很难绝对地区分自然与文化。我们可以以玉米为例。今天，玉米是全球范围内人的食物的重要组成部分。最引人注目的是玉米片、爆米花、玉米芯和玉米面包，然而实际上，玉米以更隐蔽的方式成为全球经济的一部分，而非仅仅是食品经济的一部分。可供人食用的玉米占美国玉米市场的份额不到1%。美国每年生产的2亿多吨玉米中，有85%被间接转化为肉类——用于喂养6000多万头牛、1亿头猪和40亿只鸡。如果没有玉米，那么美国（和全球）的肉食文化就无法维持。更加隐蔽的一点是，玉米可以用于生产淀粉，后者是从肥皂到油漆、烟草、炸药、汽车轮胎和杀虫剂等所有东西的基本成分之一。我们实际上已经建立了一个由玉米构建的世界，如果没有玉米，我们将很难像今天这样生产可塑性强的塑料、飞机或者纸制品。

起初，玉米只是一种简单的草本植物，后来却可以变成爆米花和肥皂。玉米是禾本科中玉米属的三个近缘草种之一。这种植物的变异速度惊人，因此比任何其他谷物的品种都多。对于我们这些站在达尔文和孟德尔肩膀上的现代人来说，很容易从中选取我们需要的品种。今天，有数以千计的玉米品种，它们都起源于中美洲，人们认为玉米的起源地实际上只有一个，即墨西哥西南部的高地。考古发现的最古老的玉米来自墨西哥瓦哈卡州的洞窟，由大约6000年前的小玉米棒（2—3厘米）组成。玉米在墨西哥被驯化，即通过农业实践系统地栽培，在公元前1000年左右，玉米棒就已经和我们今天知道的玉米棒差不多大了。

正是由于驯化玉米的发展，才使得中美洲大型城市社区的建设成为可能，例如玛雅人。同样在南美洲（印加人）和北美洲（西南部的印第安人），玉米也成为各种伟大文化的基础。

美国文化在许多方面都是从玉米中诞生的，这一点反映在各种文化的神话记载中。玉米是玛雅人、印加人、托托纳克人、阿兹特克人、齐佩瓦人和波尼人创世故事的一部分。这里的玉米神通常是至高无上的，是万物之母，而玛雅人认为玉米的生死循环是对人生本身的基本隐喻，玉米神也是一些神圣形象和故事的中心。任何看过尤卡坦半岛上举世闻名的遗迹的游客，都会看到数百幅玉米画，但是他们很可能没有去关注玉米的前世今生。

但是同样，如果说中美洲文化是从玉米中诞生的，这只是事实的一半。为了全面了解，还必须补充一点，玉米是从相互性和互惠文化中诞生的。因为考古学家发现的第一个玉米在某种程度上是人造的。即从一开始，玉米就是一种栽培的植物，没有人的干预就无法繁殖。玉米依靠人的手将玉米粒从玉米棒上松开，并且传播开来。这样一来，人对玉米的作用正如蜜蜂对花的作用。人与玉米之间存在着密切的共生关系，谁也离不开谁（至少在依赖玉米的美国社会里是这样）。对人来说，玉米是维持生命的基本物质基础，从玉米的视角来看，人是一个有用的助手。如果人停止采摘玉米，玉米将很快灭绝。访问地球的外星生物也许会这样描述我们的地球：生命是由各种草（包括玉米）支配的，它们有自愿的助手或者奴隶（人）来浇水、采摘、播种与繁殖。

虽然这是一个幽默的形象，但是它包含了这样的观点：人不是一个对其他一切都有主权的统治者。这些都是人、环境和其他物种（包括动物和植物）之间相互联系的过程，而非由一个特定的物种主导：在中美洲的生态系统中，人几乎是由玉米（食物的主要来源）构成的，玉米也是由人构成的。这不仅仅反映在古代神话中，因为即使在今天，危地马拉圣地亚哥的阿蒂特兰的婴儿出生后，要吃来自家乡的玉米。否则，人们认为孩子们既无法学会正确地说话，也无法学会与祖先联结。只有吃了当地的玉米，一个人才能成为真正的玛雅人。

当哥伦布和其他的人来到"新大陆"时，他们遇到的第一件东西就是平平无奇的玉米。1492年11月6日，哥伦布派了两个人（德·赫雷斯和德·托雷斯）和两名土著向导进入他们来到的岛上的内陆。他们发现了一座有一千个居民的城市，这些人给他们送了礼物，包括一些他们称为玉米的谷物。而在短短20年内，西班牙人和葡萄牙人不仅将这种玉米的品种传播到了欧洲，而且还传播到了中东和远东。当葡萄牙水手在1516年终于抵达中国时，他们带来了玉米粒，这些玉米粒在他们所到之处生根发芽。如果你认为全球化是一个新的进程，那么关于玉米的历史告诉我们，这是一个错误的观点，早在500年前，像玉米这样至关重要的食物来源就可以在全球范围内迅速传播。同样，人成为帮助玉米在地球上占据主导地位的助手。今天，非洲部分地区、土耳其和印度的许多人仍然声称玉米来自地球上他们所在的地区。

关于玉米的整个历史的重点是，不能说这种植物是"纯粹自然的"，因为它的发展从一开始就是由人的行为决定的（而且早在谈论转基因之类的问题之前）。当然，玉米不是"纯作物"，它是一种栽培的植物。那么应该由生物学家研究玉米，还是由文化研究者研究玉米呢？答案当然是：这两种视角都是必要的。当我们谈论智人的生命和活动时，一般情况下也是如此：不可能对自然和文化做出鲜明的区分，它们是相互关联的。人本身既是自然，也是文化。

安德烈被手机上的闹铃声打断了。他实际上已经设置好了闹钟，这样即使他在高温下睡着了，他也将醒来。如果错过了参观洞窟的机会，那就太可惜了。但是现在他听不见一丝声音。这可能是他被卷入其中的热浪与神秘的文稿共同造成的。它并不像恐怖电影那样令人兴奋，然而，阅读它使他对以前不了解的世界有一种熟悉感。他想读更多的书，了解更多的东西，探索这个世界！他想象自己也许会成为一名生物学家，研究人与植物、动物和环境之间的关系。他以前从未有过这种想法。当他下一次吃玉米片时，他会想，这些无辜的玉米片实际上也许是理解世界和人在世界上的地位的一把钥匙：智人既是自然的一部分，本身也影响着自然。今天玉米几乎影响了整个星球！

他拂去身上的灰尘，与其他游客一起走到洞窟复制品的入口。他们在一名导游的带领下走了进去，导游的声音响亮而清晰，她首先向他们讲述了洞窟的发现，然后讲述了人工洞窟群的建造。她带领大家从一幅壁画走到另一幅壁画，描述了壁画描绘的形象。大多数游客用他们的智能手机拍照，但是安德烈将自己的手机放在了口袋里。在某种程度上，拍摄洞窟壁画的复制品有点疯狂。这样的照片不过是复制品的复制品。

导游玛丽安解释说，人的祖先可能花了几十万年时间才发展出描绘世界的能力："这需要比你将要想象的更大的抽象能力，"她说，并补充道，"洞窟壁画并没有展示一头特定的公牛、一只特定的鹿，等等，但是它可以展示公牛、鹿的普遍理念。于是，这些壁画就像一部百科全书，你可以在其中查阅动物的资料。当时存在的所有公牛和鹿都以某种方式呈现在那些洞窟中。"

导游本人是一名生物人类学专业的大学生，她对史前史能教给我们的关于当今人类的知识特别感兴趣。她热情地解释说，辨别图像的能力——也就是说，理解图像可以代表自身以外的东西，可能是我们这个物种的根基。

"当人类的婴儿满18个月时，可以从二维的照片中辨别出熟悉的面孔。据我们所知，其他物种无法做到这一点。只有人才会装饰和点缀他们的世界，洞窟就是一个例子。为什么我们要花如此多的资源来装饰我们的环境呢？"她问,"这到底对生存有没有价值?"

你可以从她的声音中听出她对这些古物的热情,在离开建筑群的路上,她还讲述了人类描绘世界能力的其他古老迹象,包括在其他洞窟和威伦多尔夫的维纳斯等人物的形式——20000多年前的一个身材魁梧、胸部巨大的女人形象,以及在离拉斯科不远的法国发现的布拉斯姆普伊女士,则是一个更古老的、用象牙制成的迷你女人头像,也是已知最早的对人脸的描绘之一。玛丽安说,一些语言学家认为,洞窟壁画的发展与口语密切相关,例如,公牛被画在洞窟中的某些地方,那里的传声效果和回声意味着可以听到牛蹄的声音,猫科动物和手印则画在比较安静的地方:

"一种假设是,洞窟内的图像和声音之间的联系已经是符号化能力的佐证,这是产生真正的语言的一个条件,因此也是我们认为的可以产生人的意识的几乎所有东西的条件!"

其他一些参与者向导游提出了一些问题,但是安德烈什么也没问。针对洞窟壁画或者考古学,他没有具体的问题,但是他充满了一种模糊的感觉,即了解人类最早的历史是至关重要的。他不记得以前曾对任何事情如此兴奋过。

为什么他以前从未听说过所有这些事情？毕竟，那是全人类的童年，就像他喜欢听母亲谈论他说的第一个词（那个词是"雀巢奇巧"）以及他们度过的第一个假期一样，他也爱听自己这个物种——智人，最早做的事情。他在一棵树下坐下，在喝下半升水后，他给安娜打了一个视频电话。当他看到她的脸时，他松了一口气。她看起来比以前精神了。

"那不是很好吗？"这是她的第一句话。

"是的，"安德烈回答说，"但是看到这些复制品有点奇怪。很久以前他们就能画出那样的画，真的很厉害。非常有趣的是，他们在这上面花时间。我以为他们只是一直在努力地获取食物，同时保护自己免受捕食者的攻击。"

"不，"安娜说，"这是个误会。狩猎采集文化中的人，可能比现代人拥有更多的自由时间。这也适用于当今世界上少数仍以狩猎和采集为生的民族。不务农的人每天只工作5或者6个小时，其余的时间他们可以休息、玩耍，或者在洞壁上作画。只有在10000多年前，随着农业的出现，人才开始在一天中几乎所有清醒的时间里工作。你还要看到，在农业发明之后，人们变得更加不健康。"是的，嗯，我在病床上想了很多。农业的出现也许既是好事也是坏事！"

"怎么会是坏事呢？"安德烈问道。

"嗯，我在病床上经常想这个问题。当然，对于像我这样的现代人来说，能得到药品和护理是件好事。我们将这归功于文明和使之成为可能的科学。这也是我在自己的职业生涯中一直在做的事情。然而与此同时，我担心人在地球上的活动有可能毁掉我们的一切。你知道吗？地质学家，也就是那些研究地壳、岩石这类事物的人，现在正在谈论我们生活在一个以人命名的地质时代。他们将其称为人类世。这意味着人现在是一种危险的自然力量，就像地震或者流星撞击那样！"

安德烈无法忍受听到这样的话。他在那本书中刚刚接触到"人类世"的概念，此外，当出现关于动物物种灭绝或者人为的环境灾难的新闻时，他习惯于关闭电视新闻。他曾经听到一位科学家说，现在拯救地球已经太晚了，这让他充满了自幼年以来从未感受过的焦虑。安娜继续说道：

"我知道这会令人萎靡不振，但是我认为人类最伟大的任务，也许持续到永远的任务——就是弥补我们自己活动的后果。所有的技术发展都伴随着弊端。"

安娜拿出一份报纸,用颤抖的食指指向一张图表清单,"我刚刚在这里读到,工业社会使用的能量是以前农业社会的5倍之多,而农业社会本身使用的能量是以前狩猎采集文化的3倍或者4倍之多。地球无法承受那种消耗!至少,如果我们人要继续生活在地球上,就一定不能那样做。现在的人口几乎是200年前的8倍之多,我们的能源消耗也是那个时期的40倍。物种正在消失,我们正在毁坏生物的多样性。"

"我们应该做什么呢?"安德烈惆怅地问。他想知道,刚刚令他着迷的玉米是否也在帮助破坏生物的多样性。"我们必须弄清这一点。解决问题的一个先决条件是,我们要更好地了解人这个物种。人是自然的一部分。很多地方的人都认为自己比世界上其他地方的人更高级,这是一个大问题。我们不是这样的,是吗?当我亲自参观拉斯科的洞窟时,我的整个身体有一种感觉,那就是我不过是其他物种中的一个,在这个世界上竭尽全力地生存。我想如果更多的人得到这种感觉,我们就可以变得更谦虚一点,更好地照看一切。但是我不知道这种想法对不对。我快去世了,所以这也许只是我临终前的胡言乱语。"安娜开始笑了起来，然而，笑声变成了咳嗽声。安德烈问她是否还好，同时想到他曾有过与安娜描述的完全相同的感觉。

"我们最好休息一下，"安娜控制住咳嗽后说，"但我只想向你提及金·斯特莱尼这个名字。是的，你当然不认识他，他是一位澳大利亚哲学家和生物学家，我几年前在一次会议上见过他。他像所有生物学家一样，在达尔文的理论基础上工作，然而，他认为最强壮的个体能生存下去的整个想法是有问题的。人的知识基本上不取决于基因，而取决于我们出生时所处的文化和群体。这些群体与合作有关。他的基本概念是，我们人是自然发展的学徒。我认为这是一个美丽的概念——学徒！"

"学徒？他这么说是什么意思？"安德烈问道。他认识一些曾经和自己一起上过学的学徒，他们现在正在学习成为木匠和电工。

"这意味着智人首先是一个新成员，是一个必须成长并且模仿老年人、学习他们的语言、礼仪和手艺的物种。作为一个人，就要由许多师父教导。它发生在所有文化中，这个师父可能是一个人的父母、教育者、老师或者体育教练。可以说，人的能力与代代相传的经验相关。洞窟壁画也许是最古老的例子。它们与狩猎、生死有关。正是我们的知识在环境、文化中编码，使我们能够积累知识。必须尊重这一点！你知道我将你在这里的旅行称为一次教育之旅。这是基于斯特莱尼关于学徒和学徒制的生物学思想，等等。我如此喜欢让人成长为人的这个大世界，并且在了解其历史的过程中找到快乐。我们从进化论了解到，我们自己的物种是一个可以追溯到数百万和数十亿年的年代久远的成员。可以用一个很好的词来形容这种想法，就是有教育潜力！"

※

安德烈回到了旅馆。他晚餐吃了一份牛排和薯条，现在正坐着喝浓咖啡，拿着笔记本，感觉自己很法式。他曾经向安娜承诺，在教育之旅的每一次参观以后会写下自己的想法。各种各样的想法在他的脑子里飞快地闪过。他想到了洞窟里伟大的动物壁画，想到了玉米还有达尔文的雀鸟和蚯蚓，想到了他自己在现代世界的生活，以及文化、自然、身体和环境如何是一个庞大系统的组成部分。互惠主义。在他的一生中，他一直认为自己是一个在某种程度上与世界为伍的人。"我在这里，头脑里有我的想法和感受。而外面的世界充满了邪恶和危险的事物。"他写道，"但是事实并非如此。"他继续用笔在笔记本上写道，"我在世界里，世界在我心里。我们帮助自己创造了这个世界，同时世界也创造了我们。就像蚯蚓一样。只是以一种更复杂的方式。"

他从笔记本上抬起头来，环顾了一下旅馆里舒适的餐厅。人们坐在一起，互相交谈，喝着葡萄酒或者咖啡。他认为他们看起来都很不错。甚至是那个脾气暴躁的法国人，他在和别人的讨论中胡乱比画着，显然对某件事很生气。他不记得以前自己曾经想和完全陌生的人说话，但是现在他想这样做。"我们都是智人，"安德烈写下了这句话，"这也许没有什么特殊的，但是我们别无选择，只能尽量做到最好。"他想起自己今天和昨天根本没有做放松练习。很久以前他就已经跳过它们了。他要去房间借助意念做身体扫描吗？不，他举起一只手，向克劳丁点了一杯无水啤酒。

2 理性人

文艺复兴

斯多葛主义

哲学与科学

拉斐尔　梵蒂冈

罗马

正如亚里士多德所说的，人是理性动物。然而，人也有各种情感！——焦虑、羞耻、迷恋、爱……情感是非理性的吗？

清晨时分，安德烈坐在从苏亚克到马赛的火车上。火车很舒适，座位很上档次，车厢内的温度也很完美。外面很暖和，他看着外面的风景，青山与林地交替地出现。他想知道当史前人类很久以前在炎热的天气里四处活动时，他们是多么辛苦和费力啊。他能感觉到自己的胃里有一个漂亮的气泡。感觉有什么令人兴奋的大事情将要发生，但是他不知道具体是什么。他只知道，他不再害怕这段行程——即使只有他一个人。而且他并不孤单，因为安娜几乎一直都有空，当她的来电信号在他的平板电脑上亮起来时，他赶紧接起电话。

　　"你还好吗？"她问。她已经告诉安德烈，这部分行程会很漫长。他首先要去马赛过夜。从苏亚克出发去马赛，大约要坐六个小时的火车。第二天，他必须一大早就离开马赛。他没有时间游览马赛，因为他要去罗马——他在许多旅游网站上看到，罗马被称为永恒之城。从马赛到罗马的旅行要经过意大利北部的米兰，他将在那里换乘火车，按计划到达安娜在罗马预订的酒店，以便第二天在那里吃晚餐。

"我很好。"安德烈回答说，这是真的。

"你看起来很高兴啊！"

"我也是，"他说，并且开始情不自禁地微笑，"我想你，也有点想母亲，但是在这里旅行真的很令人兴奋。"

"我希望你能完成这次长途旅行，安德烈。马赛只是其中一站，你将在那里睡一觉，休息休息。真遗憾，因为这个城市相当有趣，而且整个法国里维埃拉地区都很美妙！你总是会想回到那里。这一次，你将去罗马，看一些塑造过欧洲文化和哲学的事物。但是有一件杰作将特别值得你去花时间研究。它位于教皇居住的梵蒂冈。你可以为此庆幸！只要你做一点准备工作，并且阅读一下关于理性人的部分。"

"我会的。"安德烈说，他实际上有一种强烈的愿望，想进一步阅读《何以为人？》。他们结束了谈话，但是当安德烈在他的大背包里翻找文稿时，他突然发现有一个女孩坐在自己斜对面，也就是靠近车厢过道那一边。当安德烈与安娜交谈时，她已经进入包厢并坐下了。这位女孩低头看着自己的手机，耳朵里还戴着耳机。她似乎与安德烈年龄相仿，也许更大一点儿，他从未见过如此漂亮的女孩。她穿着一身白色，宽松的长裤和带有简单图案的T恤。她的头发是黑色的，就像她的眼睛一样。她咬着下唇，全神贯注地看着手机，似乎对她来说，为这次旅行选择合适的歌曲真的很重要。她旁边放着一本书，是《古罗马哲学》的英文平装本。

安德烈一直看着她，自己的动作几乎僵住了。当女孩放下手机抬起头来直接看着他时，他有一种触电的感觉。他急忙在背包里翻找，拿出自己的许多文件。当他鼓起勇气再次看向这个女孩时，她的脸上露出了一个大大的微笑。这个微笑直直地对着他。他回以一个微笑，然后她用两只眼睛同时向他眨眼！这时，他才发现，原来她是在向他眨眼。她眨了眨眼！冲着他眨眼！触电的感觉变成了全身的刺痛，当她将耳机从他的耳朵里拿出来时，他能听到自己耳朵里的血液在跳动，然而，他仍然能记住她说的话。"嘿，我是莎莉。"她说话的方式听起来就像是直接出自某部英国电影。

※

差不多过去了一个小时,安德烈手里仍然拿着《何以为人?》的文稿坐着。他根本没有读它,因为莎莉就坐在他的对面,他们从交谈一开始就没停过。这次谈话吸引着他,与其说是因为各种话题,也就是他和安娜谈话的各种话题,不如说是因为莎莉身上几乎散发着光芒。他想知道其他人是否能看见这光芒,还是只有他能看见。她喜笑颜开,他喜欢看着她的嘴唇形成许多英语单词和短语。

他突然想到,他可能从未如此长时间地看着另一个人的眼睛。这让他感觉很好!

莎莉也在一个人坐环欧火车,但是她与他不同,她的旅行没有固定的计划。

她想去里维埃拉沐浴阳光,喝冰凉的法国茴香酒,正如她所说,也许可以从那里再去意大利和希腊。她对艺术和哲学很感兴趣。安德烈从未品尝过法国茴香酒,莎莉告诉他,它的味道像茴芹或者甘草,她还说甘草在丹麦很受欢迎。她从一个话题跳到另一个话题,一路上笑声不断,安德烈尽力跟着这些话题,他被她的活力和才华完全吸引住了。

"那么你要去哪里呢?"她突然严肃地问道。

"去罗马,但是将经过马赛和米兰。"他回答说。

"太好了!那么也许我们可以在罗马见面吧?"

"是的,我很想和你在罗马见面。"他说话的时候口干舌燥。

"我以前去过那里一次。去年,我和好友一起乘坐环欧火车时。而那时候我们住在一家相当新、相当便宜的青年旅馆里。它叫作马赛克。离火车总站很近。嗯,你知道的,特米尼站。"

安德烈对此一无所知,当他坐在莎莉对面时,他老是觉得自己对人生也一无所知。他从未去过罗马,也从未尝过法国茴香酒。安德烈对这一切一无所知,这并没有让他感到不舒服,因为莎莉只是纯粹向他讲述这一切,没有任何的居高临下或者恃才傲物。

"我只是要去看看我将住在罗马的什么地方,"安德烈说,"这一切都是我奶奶计划好的。她本该来的,但是她病得很重。"他在手机上查找旅行计划,安娜正在一步步地向他透露。见鬼。住宿点是马赛这座城里的一个与众不同的地方。那是一家真正的酒店，星级很高。"嗯，是另一个地方，但是我真的想住在火车站附近。"安德烈听见自己这样说，好像旅客住在火车站附近是世界上最自然的事情。

"完美！"莎莉说，"那么，我们约个时间吧。我们将在罗马见面！就像在电影里一样。"她笑着说。

※

他们在马赛下了火车，莎莉给了安德烈一个拥抱。他能透过薄薄的布料，感觉到她的温度，他希望他们能一直站在那里。但是她突然放开了他，展开双臂，露出一个大大的、温暖的微笑，说："几天后在罗马见！"她转过身去，迅速地从月台上消失了。安德烈站在那里，真的觉得自己是一部烂片中的演员。这统统发生在他身上吗？像莎莉这样的人真的会想再见到他吗？他只能希望这是真的。

他计划晚上在马赛走走，看一看这座城市，因为第二天就得离开。但是当他找到酒店并入住时，已经很晚了，所以他干脆躺在床上，一边吃比萨外卖，一边读文稿，因为他在火车上没来得及读。有许多句子他不得不读好几遍，因为他内心的凝视一直会看到莎莉的微笑。几个小时以前，他只对人是什么感兴趣，然而，现在他只对一个特定的人最感兴趣：莎莉。他感到遗憾的是，他后悔没有问她姓什么——或者也许，他当时能给她拍张照片，他现在如此想看看她的照片。"好吧，我想知道是否还会有这个机会。在罗马见面时吗？"他试图将注意力集中在关于理性人这一章的段落上。又过了一段时间，他才逐渐沉迷于这部文稿的世界里。

当考虑人是什么，以及他如何成为一个独立的人的问题时，关注人的理性能力是至关重要的。从生物学来说，人属于智人，也就是会思考的人。大约 2500 年前，希腊哲学家亚里士多德将人定义为逻辑动物，这意味着人是理性动物。若干世纪以后，在 17 世纪上半叶，勒内·笛卡尔开创了现代哲学，他认为人在本质上是一种"会思考的事物"（拉丁语为"res cogitans"），所以人与世界上的其他事物是不同的，根据笛卡尔的说法，这个世界只是由广泛的物质或者说由"res cogitans"组成的。那么，在笛卡尔看来，世界是由两样东西组成的：思考（意识）和有实体的物质（材料），只有人才会思考，而其他一切，包括其他动物都只是林林总总的、有实体的物质机器。亲爱的读者，你是一个会思考的事物！

那么，从历史上看，哲学家和科学家通常都是根据人的理性能力来定义人的——人是一种理性人，一种理性存在。而这完全不是偶然的，甚至在笛卡尔那里变成人的定义。因为人与其他生物截然不同，人拥有思维、智慧、解决问题的能力和理性，这对我们能够遍布几乎整个地球并且建立复杂的社会和文化世界至关重要。当然，没有人怀疑我们也有各种情感、感觉和经验，然而，从历史上占据主导地位的许多科学视角来看，各种情感、感觉和经验是更原始的，也是我们的天性的一部分，我们的天性与动物的天性相同，而我们的理性是人特有的。不仅仅亚里士多德和笛卡尔这样的个体思想家以自己的方式强调思考和理性是人的事情，从古代到中世纪哲学到文艺复兴、启蒙运动和现代哲学的一长串哲学家都是这样认为的。伟大的哲学家伊曼努尔·康德，他在18世纪末认为可以用"纯粹理性"来描述人的特征，我们的尊严和道德就是起源于此。

因此，我们的理性天性并非偶然的。它是我们建立的一些最重要之事的基础，包括民主与法治。当一个人年满18岁时，他拥有选举权。这意味着，一个人作为公民可以参与社会事务。这种治理形式在其他社会动物物种中并不存在，比如蚂蚁、狼或者黑猩猩。他们与自己的本能联系得更紧密。在这类动物中，群体生活的社会组织模式在几代个体之间是非常静态的。

如果你将一群黑猩猩流放到一个荒岛上，500年后再回来看，它们很可能会像原来的那群黑猩猩一样生活。当然，最初的个体早就死了，很多代黑猩猩都是如此（黑猩猩的寿命约为50年）。但是许多年以后，这群黑猩猩中仍然会有一个雄性首领，而它们几乎没有任何重大的技术发明，也没有改变这个动物群的社会结构。另外，如果你将一群人放在一个荒岛上，500年后再回来看，就很难预测在此期间会发生什么。他们会像黑猩猩一样实行由雄性领袖领导的统治吗？还是也许会实行由女性掌管的母权制？他们将建立一个人人享有平等权利的制度吗？他们如何养育后代？几个世纪以来，他们又会有哪些发明呢？

这些问题并不容易回答。但是我们可以合理地假设，这样一群人可能很快就会变成一支超越生物群体的群体。一群动物——例如黑猩猩，通过支配、服从与基本的情感表达进行互动和组织。另外，一个群体有共同的历史、文化和语言，根据从理论上可以讨论和改变的规范，来组织群体的共同生活，尽管这可能很困难。人类个体属于不同的群体和民族，而黑猩猩、狼或者蚂蚁只是群居而已。这些动物都像人一样具有社会性，然而，正如亚里士多德所说，只有人是政治动物。

　　人既是理性动物，也是政治动物，就像同一枚硬币的两面。从古希腊人开始，尤其是亚里士多德开始，我们就知道这一点。从这个视角来看，人与其他生物的区别在于人的天性既是理性的又是政治的，而且人可以产生文化。文化——正如我们在生物人一章中看到的那样，它不是自然以外的东西，它也是自然的一部分。文化是培养出来的自然，正是文化，从语言和符号到神话和制度的一切，使人能够反思自己。尤其是通过语言，我们可以与自己的欲望和冲动联系起来，评估我们是否应该按照它们采取行动。语言传达了人与自己的联系，这样我们就可以反思自己的行为，例如，考虑投票给谁、是否应该再吃一个蛋糕。这样一来，文化、语言和道德就在人类身上紧密地交织在一起——它们都是我们理性天性的一部分。正是希腊哲学家首次系统地研究了人的理性天性。

　　人的生命和历史比其他生物更不可预测，这是因为我们有更深层次的理性形式。正是这个原因使我们获得自由。或者说，只要我们取得了某种个人权威，它就能够使我们自由。像人这样的理性存在，并不是简单地以物理学、化学和生物学定律的方式做出机械的反应，因为我们的理性包括从本能的行为冲动中后退一步的能力，根据比如说伦理学的规范和规则来评估它们。例如，一个人渴望亲吻他旁边的叫 X 的人。但是他也许会根据道德规范来判断自己对 X 的渴望，例如，他不应该亲吻那些自己恋人以外的人。如果你缺乏理性的能力，无法与自己的欲望和愿望保持距离，那么你就无法对自己做的事情真正地负责。在患有精神疾病的情况下，一个人被判定可以不对自己的行为负责，因为这个人神志不清，因此他无法从自己的冲动中充分抽离出来，也无法对这种冲动进行理性的判断。

　　我们之所以也不追究幼儿对自己行为的责任，是因为他们还没有培养这种反思自己的能力。只有当你到刑事责任年龄，你才能因为犯罪受到惩罚，因为只有那时你才被认为是足够成熟的，能够对自己的行为负责。所以你并非一生下来就是完全意义上的理性人，然而，你生来就有成为理性人的潜力。你生而为生物人，你应该发展自己的人性。从古希腊人开始，一个人逐渐发展自己的理性能力而且最终在18岁时被承认为成年公民的过程，被称为教育（希腊人称为 paideia）。

安德烈从书页里抬起头，看向酒店的天花板。他从来没有想过，只要自己犯了罪，就会受到惩罚、进监狱。他当然知道那一点，但是他从来没有想过要做违法的事情。在某种程度上，他从未真正做过任何危险或者错误的事情。他也从来没有真正想过成年意味着什么。

他突然意识到，作为一个公民，一个人真正负有多大的责任。也许人是理性的动物，正如亚里士多德显然在很久以前所说的那样，但是，如果公民的理性没有得到适当的发展，该怎么办呢？所以，也许人们只会根据自己的各种情感做出反应吗？

安德烈想到了他们在高中时关于社交媒体的讨论，他们曾经了解到，一位研究人员认为技术破坏了人的自制力，继而破坏了他们做出理性决定的能力。突然间，他想起了莎莉。他不禁想到了她。"这真的一点都不理性！我想所有这些责任和理性都不适用于……是的，不适用于谈恋爱？！"他突然想到，他一定是陷入爱河了。他以前从未尝试过这种事情。至少不是以这种方式。很多年前在营地学校里有一位叫阿尔玛的女孩，但是他当时更想成为的是一个能和女孩讲话的人。尽管在很长一段时间里，他一直认为阿尔玛很可爱，他却没有爱上她。但是你能在见一次面后就陷入爱河吗？这似乎是不理性的。这一切在他头脑里转来转去，他强迫自己继续读那本书。

对于西方文化来说，希腊哲学对人的理解至关重要。它存在于我们的民主、科学、教育和理性观念的背后。许多关于人是理性存在的哲学思想都可以追溯到所谓的美德伦理学。美德伦理学的基本思想是，就像理解宇宙中的一切事物一样，必须从人的目的出发来理解人这种存在。所以，各种美德就是使一个人实现其目的的各种品质。人是唯一被赋予理论理性和实践理性的存在，因此人能够利用其理性能力对世界进行科学和哲学方面的思考（这是理论理性的领域），但是，人也能够在道德上负责地行事，这源于实践理性。亚里士多德认为，做这些事情就是做一些本身就是目的的事情。他认为道德上的好行为有价值，不是因为它可能给人荣誉或者名声。不，行善本身就是有价值的。一个人要实现自己的人性并且过上富足的、成功的生活（如希腊人所说eudaimonia，幸福），需要的品质就是美德。人必须接受教育并且拥有美德，这样我们才能实现人的普遍目的，成为真正意义上的人。

那么，美德就是能使某个事物实现其内在目的的东西，无论这个事物是一把刀（刀的美德是切得好，这显然是好刀的品质），还是一个人（美德的种类比刀的种类要多得多）。因此，当要理解一个人时，我们必须理解使这个人成为好人的美德（就像只有当我们知道一把刀是锋利的时候，用它切东西，就确定能切好）。因此，亚里士多德认为，人有一个内在的目的，这个目的必须通过教育的过程发展。按照希腊人的想法，成为人意味着你认识到自己体内的一种潜力。不是成为"最好的自己"或者成为类似之人的潜力，而是成为一个人、一个好人的潜力。这是我们所有人在人生中被赋予的基本任务：成为最好的人。

在亚里士多德看来，美德是在两个极端之间理想地确定下来的。你有时会听到用"位于中间的美德"来解释它。例如，勇气是一种伦理的美德——亚里士多德说这是过一个完整的、富足的人生所必需的东西，而勇敢的人要设法在懦弱和狂妄之间取得平衡。勇敢并不等同于漫不经心或者完全没有畏惧和焦虑，与之相反，它是敢于做正确的事情，即使这件事情使你恐惧。懦弱的人什么都不敢做，而傲慢的人一头扎进各种轻率的行动中，两者都是错误的。美德，也就是好人，必须在这两个极端的中间去寻找。这意味着节制被理解为在极端之间合理平衡的能力成为一种核心的美德。例如，善良的人知道慷慨是好的，至少比吝啬好，但是如果慷慨意味着无法养活自己和孩子，那么过度地奉献一切也许未必是好事。在吝啬和无边的慷慨之间，在懦弱和狂妄之间，在没有朋友和与所有人成为"朋友"之间找到适度的平衡，等等。古希腊关于节制的概念是温良，它在古希腊思想家们那里扮演着一个核心的角色。每个人作为理性动物、政治动物，必须学会节制，才能成为一个体面的人。

现在安德烈不想再读下去了。美德、节制，这些古希腊词语。说实话，它们有点让人感到无聊。他突然想打电话给他母亲说晚安。她立刻接了电话。

"我可以看见你，亲爱的，"她说，"你好吗？"

"我很累，"安德烈回答，"这几天我简直经历了太多的事情。"

"你的心情怎么样？"她问道，"你听起来非常高兴！"

安德烈不由自主地开始咯咯笑。

"你说什么？"他妈妈问，"你在笑吗？"

"是的，笑了一下。"他回答，"我想也许我是陷入爱河了。"他的母亲面露喜色，他告诉她自己所知道的关于莎莉的几件事，她从哪里来，要到哪里去，她看起来怎样，还说他们将会在罗马再次见面。

"在那些漫长的火车旅程中，当你不和女孩说话时，你还会做什么？"她问。

"我平时不和女孩说话，"安德烈反对说，"只有和莎莉在一起时才说！除此之外，我将时间花在阅读奶奶给我的那份文稿上。这是一本从未出版过的书。它的书名是《何以为人？》。听起来有点奇怪，这本书是关于人如何成为人的，尽管我们已经是人了。"

"是的，你奶奶一直对哲学、艺术和文化之类的东西非常感兴趣，但是你自己对它们感兴趣吗，安德烈？你有没有照顾好自己？你做没做过放松练习，以确保你不会有压力？"

这就是他曾经被惹恼的地方。当他的母亲像这样对他大惊小怪，并不断说要他"自己努力"时，他就会被惹恼。在过去的大部分时间里，他都坚持一个人做放松练习，但是他逐渐意识到，这没有什么用。但是现在他并没有被惹恼，而是对她说："妈妈，你知道吗？我刚才在阅读关于古希腊哲学家们的文章。对他们来说，人生并不等于锻炼自己，从而使内心感觉良好。相反，人生是关于成为一个好人。是关于使用你的理性。去思考。"

"是的，那也是我一直在说的。"她回答，"在别人面前保持得体、友善很重要。"

"好的，是的，你已经告诉我了，但是我一直都必须做我自己,不是吗?找出我是谁。发现自己、发展自己。"

"当然!否则你就不可能成为一个体面的人!"

"你确定吗?"安德烈问道。他的母亲开始打起了哈欠,他们约定,当他到了罗马以后再谈。

※

第二天早上,他开始了经由米兰前往罗马的漫长旅程。与母亲交谈后,他睡得出奇地好。他很高兴他们能像这样交谈,既没有火花,又没有惹恼彼此。他很高兴自己讲述了关于莎莉的事。他以前从未想过会与她分享这些。但是现在感觉很好。反过来,他的思考也不再过多地围绕着自己将要去罗马做什么——除了见莎莉之外。

"嘿,奶奶。"他说,也许有一点急切。因为她看起来很憔悴。她的房间似乎很暗,尽管现在是盛夏。他还没来得及问为什么要拉上窗帘,安娜就开口了。

"早上好,安德烈。"她平静地说,同时带着一丝微笑。他能听出她的呼吸变得有一点费力,"我想,我没和你一起去旅行是一件好事，因为我今天浑身乏力。"她继续说，"过一会儿，会有一位医生来调整我的止痛药，我赶紧给你看些东西吧。我想我有责任告诉你，你在罗马的宏伟目标是什么。当然，在这个神奇的城市有很多东西可以看，但是我们罗马之行最重要的目标是这个。"

安德烈可以看到，她正在拿出一本关于艺术史的书，将镜头对着特定的某一页。

"这是拉斐尔著名的壁画《雅典学派》，由这位文艺复兴时期的大师从1509年开始亲自绘制，花了好些年月才完成。你不觉得这是一幅令人难以置信的、精心构思的、美丽的壁画吗？也可以说，它是整个欧洲文化的一张出生证。它包含了古代最著名的哲学家和科学家的画像。你也许会注意到，哲学家们被画在楼梯的顶端，而其他人，包括数学家们，画在了更低的地方。这可能不是巧合——哲学家们是让人仰望的圣人。你有没有进一步阅读《何以为人？》？"

"有，"安德烈回答，"我顺利地进入了关于理性人的部分。"

"好！"安娜感叹道，咳嗽了起来，"等一下，我不得不咳完。"过了很久,她才顽强地喘着粗气继续说下去,"《雅典学派》几乎是理性人及其各种可能性的象征。因为人有思想,所以他可以创造科学和文明,并且以艺术的形式展示出来,如拉斐尔。洞窟壁画将公牛展示为普遍的公牛,而非例如费迪南这头公牛之类的东西,嗯,你可能不知道这头公牛,与洞窟壁画不同的是,拉斐尔将人展示为具体的个体,苏格拉底、柏拉图、亚里士多德,等等。"

"我已经读到他们了。"安德烈急忙说。他想多谈一谈莎莉,然而不一定是今天。

"也许你在高中时听说过关于文艺复兴的事情吧?"安娜问道,但是她继续往下说,声音变得越来越洪亮,所以安德烈振作起来,并且不去打断她。

"这是人类历史上最令人惊叹的时代之一!这里就是人文主义形成的地方!"

"这是一幅漂亮的壁画,"安德烈说,"它挂在哪里?"

"嗯。它并没有真正被挂起来,因为它是画在一个叫签署厅——意思是签名室的房间墙壁上的壁画,那是教皇在罗马市中心的梵蒂冈签署重要文件的地方。当你走进去时，你会看到墙壁上还有拉斐尔画的其他美丽壁画，描绘了基督教、希腊神话、红衣大主教和哲学家们。你读过《何以为人？》中关于美德的内容吗？"

"嗯。"安德烈插话说。

"嗯，房间里的所有壁画都是16世纪初画的，我想拉斐尔和一群助手花了几年时间。想一想，他刚开始画的时候才25岁左右！不幸的是，他大约在10年后去世了。然而，他是一个多么有才干的人啊！我认为，这些壁画将希腊与基督教、神话与宗教的主题结合起来，它们将提醒教皇，人文主义已经到来。人的哲学必须与所有神圣的东西，同时被包括在这幅壁画中！"

安娜现在的话语已经热情洋溢起来了。安德烈可以看出，她高兴地向他讲述这幅古老的壁画及其描绘的思想，她的脸上也有了更多的光彩。但是与此同时，他的各种想法不断涌现——从这次谈话想到安娜的病，是否向安娜介绍莎莉这件事也在他面前盘旋。

现在安娜必须在医生来之前休息一下，所以安德烈说了再见。当安娜提到哲学家们有能力反对社会中的当权者时，他竖起了耳朵。他在考虑今天谁真正拥有最大的权力，他只设法答应安娜阅读《何以为人？》中那方面的内容，它与这幅壁画和拉斐尔在画面中央画的一些希腊哲学家有关。

柏拉图和亚里士多德无疑是西方思想史上最重要的思想家。直到今天，有些人还在用一生的时间研究他们！对于一个现代人来说，亚里士多德可能是最相关的，尽管阅读柏拉图可能带来一种更大的艺术体验。亚里士多德也曾在雅典的柏拉图学院学习，在柏拉图死后，他成为亚历山大大帝的老师，并且继续创立自己的哲学流派。他的著作涉及几乎所有的科学和哲学问题，然而，亚里士多德在西方被遗忘了很多年，在保存这些著作的阿拉伯学者的帮助下，他的著作才得以重见天日。当时，中世纪知识界面对的巨大挑战就是，如何使亚里士多德的科学和哲学与宗教相协调。雅典与耶路撒冷——哲学与信仰，是西方文化赖以存在的两大支柱。

尽管柏拉图和亚里士多德是师生关系，然而，这两位古希腊人之间存在着重大差异。柏拉图相信灵魂不朽，他通过自己写下的对话，以苏格拉底为主角发展了一种理念主义的哲学。理念主义认为，世界从根本上是由永恒的、不变的理念组成的，我们的经验世界不过是对这些理念的苍白反映。与之相反，亚里士多德认为身体和灵魂是彼此相属的（对他来说，身体是灵魂的形式），所以只要身体死亡，灵魂就不存在了。他提出了一个与柏拉图不同的理念，他将事物的形式（或者思想）置于事物本身，而非置于事物背后的某个永恒的天堂。文艺复兴时期的艺术家拉斐尔在他的名画《雅典学派》中捕捉到了这种差异，在这幅画中，可以看见柏拉图的手指指向那些永恒的理念，而他身边的亚里士多德则向画外伸出手来，似乎在试图触摸尘世。

柏拉图的美学对话后来启发了艺术家和诗人（尽管他本人对诗有很大的质疑），而亚里士多德启发了科学、逻辑和理性思考。亚里士多德在许多方面都是各种科学的创始人，并且为它们划清了界限，他本人也是一个善于观察的自然主义者，认为人基本上是一种像天鹅和蜜蜂那样的社会动物，此外，如前所述，他认为人是一种独特的政治动物和理性动物。人是这样一种存在，通过运用其判断力，可以判断在特定的情况下做什么是正确的。我们不仅受到生物冲动的驱使，而且可以出于充分的理由而受到理性的驱使，包括出于各种行为的伦理原因。

然而，只有人才能做到教育人这一点，也就是说，一个有组织的政治共同体城邦（希腊城邦）可以培养人的性格、理性和美德。希腊人说，Polis andra didaskei（"城邦是人的老师"）。归根结底，只有生活在可以教育人的品格的社会秩序中，一个人才能成为人。在城墙和有组织的社会生活之外，只生活着"野蛮人"，这是希腊人对所有那些说着难以理解的语言的陌生人的称呼（"吧、吧、吧"，希腊人的耳朵听到的是这种声音）。值得注意的是，这里的"人"等同于男人。城市是男人的老师，而非女人的，因为那时的女人和奴隶一样，没有权利参与民主生活。《雅典学派》没有描绘女性的形象。

这幅壁画本身可以追溯到文艺复兴时期，人真正走上了舞台，成为一种可以站立在自己双脚之上的、不需要神和皇帝的人。它始于15世纪，当时人们逐渐了解到，人看待世界的视角非常特殊。文艺复兴时期的艺术家们因为将透视引入绘画而闻名，这也不是巧合。很明显，拉斐尔是用透视法绘制《雅典学派》的，所以它看起来是三维的，中间有一个视点。拉斐尔在那些人物周围画的建筑结构，也可以帮助你获得空间感。例如，它与史前洞窟壁画以及许多用于装饰古老丹麦教堂的中世纪壁画有明显的区别，后者没有相同的空间表现，二维的人物不管位于何处，都拥有大致相同的尺寸。这是因为他们认为，中世纪的神就是这样看他们的。神的视角最终是唯一相关的视角，在神的眼中，我们都是平等的，因此有相同的尺寸。但是在中世纪之后的文艺复兴时期，人看待世界的特殊视角进入了艺术，甚至是个体的视角。我们从某个特定的地方看世界，我们还从那里看一些特定的其他的人。你开始画它——以一种视觉个人主义的形式。

直到今天，人们仍在讨论这幅壁画中那些形形色色的人是谁。他们中的许多人都很容易辨认，尤其是位于中间的柏拉图和亚里士多德。柏拉图是那个长着灰色胡须的老人，他的一根手指指向天空。他被画上了达·芬奇的面部特征。拉斐尔用这个动作抓住了柏拉图哲学的精髓：我们存在的意义可以超越人类的经验。所有的真理都可以在一个超凡脱俗的永恒的理念天堂中找到。然后是他旁边的学生亚里士多德，他的手向外伸向观众的世界，仿佛在反驳柏拉图的超凡脱俗的思想。亚里士多德认为，真理的意义就在我们生活的这个世界里。意义存在于事物和现象本身。大多数人会说，柏拉图的对话比亚里士多德的哲学更优美，亚里士多德的哲学是以一种讲义的形式呈现的。

同样值得注意的是苏格拉底，他站在画面的左边，正在讨论——大约站在黄金分割区的中间。他正在用手指列举自己论点中的术语。苏格拉底是柏拉图大部分对话中的主角，但是他自己并没有写下任何东西。几何学家欧几里得在右下方，他的周围有一群人。拉斐尔将欧几里得和他的学生画成了光头，以显示他们如何逐步获得对一个概念的理解。在欧几里得前面的年轻人俯身看着大师正在演示的东西，为了具体地理解它，上面的男孩兴奋地抬头看着他的同伴，因为他正在理解它，但是同伴已经在想象几何的其他用途，而非例子中的具体用途，最后一个指手画脚的人也许是一个已经完全掌握了几何的助教。在整个画面中，可以看见用艺术表现了如此多的哲学和科学主题，整个画面闪烁着运动、博学和智慧的光芒。几乎所有的人都在交谈和讨论。这幅壁画的主题是人的理性，因为它是在对话和互动中展开的。

你可以说，它表达了理性文明的人文主义理念。然而，画面中也有一些真的更为任性的、也许不太理智的典型人物。例如，在明亮的光线下，第欧根尼脱下一半衣服躺在楼梯前面，与别人交谈时对方通常看不见他。据传，第欧根尼是一位圣人，他生活在公共道德的对立面，早已意识到物质财富毫无价值。据说第欧根尼是世界上最聪明的人，当世界上最强大的亚历山大大帝找到第欧根尼时，承诺将满足他的所有愿望。但是圣人所希望的是亚历山大与他的士兵和大象一起移动一下，因为他们遮住了照在自己身上的太阳。历史可以说明，为什么哲学家们经常被社会上的当权者视为危险的人物。当一个人变得有智慧，不再为金钱和地位而折腰时，有钱有势的人就无法用普通的鞭子和胡萝卜来控制他。也许苏格拉底的承诺就像生命中真实的和真正的必需品，这使得他在雅典统治者眼中如此危险，以至于他们不得不将他判处死刑。他的罪行是，他在教人们为自己思考，这一点恰恰在文艺复兴时期被重新提起。一个人必须有勇气去思考！这就是人文主义！

※

安德烈轻松地找到了他在罗马要住的旅馆。这里离特米尼中央车站只有五分钟的步行路程，他已经开始感觉自己是一个经验丰富的旅行者，在独自度过几天后，他在陌生的环境里行动自如。他房间里的家具看起来像是宜家目录中的东西，但是很新、很干净，不像苏亚克的旅店那样舒适。另外，周围的环境也要将他打翻在地。罗马让他喘不过气来！天气很热，安德烈到达的晚上，这个城市充满了噪声、滑板车和鸣笛的汽车。到处都是争吵的、比画的、亲吻的、喊叫的、抽烟的和大笑的人。当安德烈在他的旅馆周围活动时，他感觉这个城市的生活将他吸了进去。他想找到莎莉，不过在接待处没有登记这个名字的人。但是他也想立刻融入这座城市繁华的生活。

他突然想到，自己将会发生改变。他独自站在永恒之城的此处，却在嘈杂的混乱中感到宾至如归。他审视了自己的大脑，但是在他的脑子里找不到任何恐惧的感觉或者悲伤的想法。是的，当他想到安娜的时候，他想到一种无以名状的状况，就是她生病了，而且即将去世。也许这并没有多么可怕，也不会毁掉他所有的冒险。他以前从未这样想过。

他在一个拐角处走进了自己的思考中，发现这里的街道安静了许多。在通往一栋房子的前楼梯上，有一位年轻的女人，膝上抱着一个小孩。她看起来像一个罗姆人——那些过去被称为吉卜赛人的人。在她面前有一个碗，里面装着几枚硬币。"求求你了，我们需要钱，"她用平淡的声音说，"宝宝生病了。"但是安德烈只带了信用卡和一些大额钞票，所以他只是摇摇头，试图表现出歉意。当他继续前行时，他的好心情一落千丈，他能听到那个女人在他背后说了一会儿话。"我应该给她一些钱，"他想，"该死的，我现在和以前都自诩是好人。"他刚刚读过关于亚里士多德和美德的内容，现在他觉得自己很没用。他知道自己应该做什么，但是他做了别的事情，因为那似乎是最容易做的事情。他认为自己并不是小气，也许只是有点害羞。他觉得饿了，就去了最近的麦当劳。在那里吃饭几乎是亵渎神明的，然而，他只是想匆匆忙忙地吃点东西。当他坐下来咀嚼自己的麦当劳餐食时，他感到一种令人讨厌的孤独感。

※

　　第二天，他将参观梵蒂冈，去看那组壁画。那里离他住的马赛克旅店只有大约四公里，他也不真正熟悉罗马的公共交通，所以这趟行程似乎相当不方便。他在接待处询问了去梵蒂冈的最快路线，然后他出发，经过特雷维喷泉，从维托里奥·埃马努埃莱二世桥穿过台伯河。他看见许多乞丐坐在美丽的古老建筑前的台阶石上，就像前一天的那个罗姆女人一样。他反思，那些拥有数百年历史的坚固建筑与那些将脆弱的身体坐在坚硬岩石上的穷人之间形成了巨大的反差。突然间，他站在了巨大的圣彼得广场上。在圣彼得教堂前的广场上，人们可以真正感受到天主教会的影响力。

　　安德烈在前一天夜半醒来，因为他梦见了那个罗姆女人，然后他在洗手间里坐了几个小时，在手机上阅读关于教会、梵蒂冈和拉斐尔的资料。据一些资料显示，圣彼得教堂是世界上最大的教堂，由文艺复兴时期最重要的建筑师之一多纳托·布拉曼特设计，于1506年开始施工，基于

300年以来一直留存的古代基督教教堂的遗址。1514年布拉曼特去世后，拉斐尔亲自接手，直到1520年去世，而米开朗基罗从1547年起成为首席建筑师。这是一支由艺术家和建筑师组成的团队！

安德烈很了解米开朗基罗，至少很了解西斯廷小教堂著名的天花板。就在那里的小教堂里，新教皇被选举出来，天花板上有一个传说中的图案，即神和亚当互相伸出手，神几乎用手指触摸到了亚当，就像触发一个按钮一样开启了人类的生命。安德烈自己有一次从母亲那里收到一件T恤，上面就有这个图案。他喜欢自己逐渐对艺术、哲学和科学有一点了解。他的大部分知识来自安娜，然而，实际上看到这些建筑和壁画是另一回事。

虽然安德烈一大早就到了，但是入口处已经排起了长队。他想花时间和安娜谈谈，但是她没有接听他的电话，所以他和其他游客一起静静地走向入口。这是一个与拉斯科完全不同的地方，因为拉斯科在很远的乡下。到了罗马，你就置身于世界最著名的城市之一的中心，置身于强大的天主教会的中心。人们虔诚地排着队，而周围都是表演的噪声或者卖冷饮的噪声。那里就是一个圣地旁的山羊市场。

安德烈拿票时买了一本很厚的小册子，几乎是一本小书，其中的讲解包括如何识别壁画中的所有人物，还讲述了他们的思想和理念。

这本小册子说，拉斐尔在最右边给自己画了一顶黑帽子。它还说，不仅柏拉图被画上了一张著名的脸——达·芬奇的脸，而且赫拉克利特也获得了一个可以认出的面部特征，即米开朗基罗的脸。安德烈一步一步地向前走，继续读小册子上关于赫拉克利特的故事，在前面的图片中可以看到他的胳膊放在大理石块上。小册子说，他是一位生活在苏格拉底之前的自然哲学家。他曾相信"万物皆流"——宇宙中没有任何稳定的或者永久的事物，所以一个人不可能两次踏入同一条河流，因为在此期间，河水已经改变了。赫拉克利特的对立面是巴门尼德，拉斐尔将巴门尼德画在赫拉克利特的左边。巴门尼德曾经认为，一切内在的存在都是永恒不变的，因此变化只是幻觉。

很明显，柏拉图是那个后来将赫拉克利特和巴门尼德放在一起思考的人：一切显然都在流动，是的，但只是因为在变化的背后有某种永恒的东西。人出生时还是婴儿，长大后最终变老并且死去，然而，他们一直是人，因为他们采纳了关于人的理念。理念是不可改变的。柏拉图也曾认为，人有一个不朽的灵魂，使他能够认识永恒的理念。灵魂从一开始就拥有所有的知识，因为它来自永恒的世界，所以所有的教学实际上只是提醒学生回忆自己已经知道的东西。这本哲学小册子宣称，新知识不是被创造出来的，它仅仅是对既存知识的不断回忆。

　　安德烈想道，达尔文批评的正是这种不可改变的概念。他的理性告诉自己，达尔文一定是对的：毕竟，物种是通过自然史演变的，所以人身上肯定没有某些不变的存在吧？但是在某种程度上，他可能希望柏拉图是对的。人是永恒的这个概念有一些吸引人的地方。就他所能判断的，亚里士多德持有的是一种中间立场。亚里士多德认为，人的灵魂依附于身体，所以只要身体死亡，灵魂就消失了，人的思想因此只活在世界和身体里——而非与之保持天堂般遥远的距离。这可能是亚里士多德通过将手指指向世界想要展示的东西，而非像柏拉图那样将手指指向上方。

※

安德烈在游览了整个旅游景点后,几乎跌入了一片明亮的阳光下。虽然没有导游,但是小册子为他提供了很好的帮助,而且壁画本身也令人印象深刻。《雅典学派》比他想象的要大得多:5米高,几乎8米长!他用手机拍了很多照片,但是都没有小册子上的照片好。

他正沉浸在思考中,滚动浏览手机上的许多照片,突然听到有人叫自己的名字。"安德烈?"他抬头一看,原来是莎莉。

"真幸运,"她说,"我试图在马赛克旅店找你,但是他们的前台说你今天将去看艺术品。"

他看着她灿烂的笑容,将柏拉图和亚里士多德的事都忘了。反之,他开始尴尬地意识到自己手臂下和T恤背面的汗渍。"嗯,我正在接受欧洲文化和历史的教育。我的奶奶在远程遥控我,今天我必须到那里面看到拉斐尔的壁画,"他说着将一只手举过自己的肩膀,"你知道吗?"

"是的,我知道,"莎莉回答,"那不是我最喜欢的文艺复兴时期的作品。我想,有一些女性失踪了!好像西方文化只适合男人……"(译者注:这里是指看到的艺术品中的形象大多数是男性)

"我同意。"安德烈说,他曾在《何以为人?》中读到过类似的内容。但是他一时想不起任何著名的女哲学家,而且他也真的不太在意这一点,因为他现在就站在莎莉面前,在罗马市中心的梵蒂冈。

"我计划明年开始学习哲学,"她说,"或者也许学习理念史。"

"真令人兴奋!"

"是的,但是我的父母认为这将直接导致失业。他们应该知道!我父亲是文学教授,我母亲是哲学教授!"

"哇,这真令人印象深刻!"安德烈惊叹道。

"我真的不知道有什么可惊讶的。他们是普通人。我的父母很好,然而,他们是很笨拙的那类人,他们不大喜欢旅行,所以现在我不得不独自行动。他们坐在英国的家里写书!好吧,我需要一杯浓缩咖啡。为什么我们不找一个更安静的地方,然后你可以告诉我你对罗马和艺术品的印象呢?"

为了和莎莉共处,安德烈宁愿抛下世上的一切。

※

他们一直在咖啡馆里待了好几个小时,先是喝咖啡,然后是吃午饭,最后喝了几杯冰啤酒。和莎莉聊天是如此容易——她知道很多东西,并且想将它们说出来,然而,她也很善于听他说话。安德烈不记得以前曾经和这样的同龄人交谈过。她说的很多东西他都试图藏在脑子里,尤其是当他们谈到关于灵魂的话题时。莎莉显然对柏拉图和亚里士多德关于人的灵魂的观点非常感兴趣,而安德烈一直想知道灵魂是什么。

他已经向她讲述过自己童年时的恐惧。尤其是,他在10岁时看了一个关于大脑的电视节目后,自己是如何一蹶不振的。一位科学家曾告诉节目组,人只不过是它的大脑而已!大脑基本上只是一团有神经细胞的脂肪,它们通过电路发送电化学信号(他仍然可以记住电视节目中的那些神秘的短语),它也是我们人生中所有思想、情感和经验的所在地。所有人类的生活和经验都是大脑中的各种进程的结果。这将他吓坏了,现在他在罗马的咖啡馆里重温了那种恐惧的感觉。当他还是个小男孩的时候,有好几个晚上他一直醒着躺在床上,想象着信号分子如何在他的头脑里跑来跑去,想到他对这些物质的想法本身就是由他所想的物质构成的,这让他感到非常眩晕……

他以前从未对任何人说过这些。他的母亲当时非常担心他,他不想用这些想法使她有负担,因为大脑是一个脆弱的身体器官,从理论上说,大脑将随时可能停止运作。如果血管破裂,那么也许思考就结束了!所以将这件事告诉莎莉真是太好了。她一点也没笑,只是回应他,就好像在哲学大会上演讲一样。

"我想你一直是这个幻觉的受害者!"她说。

"为什么会这样?大脑是一个对我们的世界体验至关重要的身体器官,对吗?"他回答道。

"嗯,在某种程度上是的。当然,没有大脑你就无法体验任何东西,因为没有大脑你就无法存在,但是这并不等同于你的大脑在经历什么。"

"怎么说呢?"

"我母亲写过几本关于亚里士多德的书,切中了他的哲学的要点。我母亲和亚里士多德都说过,灵魂是无法与肉体和大脑分离的,然后当然是真的,"她笑着说,"但是，这并不意味着大脑就是你的灵魂。你是一个会思考和感觉的人——而非你的大脑！没有大脑，你就无法思考，但是你仍然在思考。就像自行车没有轮子就不能跑，这并非意味着是轮子在跑，对吗？这是整辆自行车，就像你的整个思维一样。"

安德烈拿出了《何以为人？》的文稿，然后从他的背包里拿出一个小本子，在关于亚里士多德的页面上写下了一些关键词。他写道："我有一个大脑，然而，我不等于我的大脑。"它是如此简单，但是同时又很深刻，"灵魂不是身体的一种附属品，而是活着的身体感知、思考和运动能力的表现。"他补充道，"我们是理性存在，但是大脑本身既不是理性的，也不是非理性的。"莎莉坐在对面，用指甲刮去浓缩啤酒瓶上的标签。"那是什么？"她指着许多书页问道。

"这是我奶奶让我读的一份文稿。这真的很令人兴奋，但是也有点困难。它的标题是《何以为人？》。"

"哇，太酷了。这听起来像是有趣的流行哲学。作者是谁呢？"

"我不知道。上面没有名字，但是我的奶奶在这次旅行前将它交给了我，然后我在环游欧洲的路上阅读它。这是我奶奶对于教育我的项目的想法。她本来应该与我一起旅行。"

除了在罗马市中心与美丽而睿智的莎莉谈论哲学的乐趣之外，安德烈还感到胃里有一种奇怪的针刺感。很明显，莎莉很高兴与他交谈，然而，他不确定的是，她对他是否有任何特别的情感。他想，她可以和任何人谈这个问题！他们的相遇似乎有点巧合，她可能认为和他在一起很好，但是也不过如此。当他看着她的眼睛和她叙述时用手做出的随意动作时，他的胃在翻腾。她很自然地出现在这个世界上，可以立即无忧无虑，而他真的想得更多的是自己。但是与此同时，她又随口说起了自己曾经短暂相处过的男朋友，以及他们在旅行中去过的地方。

"我愿意环游整个世界，在每个大洲都谈一场恋爱！"她笑了起来。

"你想这样做吗？"

"是的，只有当我成为一个老态龙钟的女士时，我也许才会在某个地方永久地定居下来。比如说，在罗马这里？我想在退休以后还能很酷地生活！"

尽管安德烈刚刚认识莎莉，除了她刚刚告诉他的几件事之外，他对她一无所知，然而，当她告诉他自己的生活和计划时，他感到一阵嫉妒，因为这些计划显然不包含任何想做他的女朋友这样的想法。因此，当她改变话题，问他读了多少《何以为人？》时，他很高兴。

"我正在阅读关于人作为一个理性存在。是希腊人第一次这样描述我们，但是我看到下一段是关于……怎么说那个呢？斯多葛派？"

"啊哈，斯多葛派，"莎莉惊叫道，"我喜欢他们的想法，也许是因为我自己经常有相反的想法！你不想读一下书中的内容吗？你能一边读，一边翻译给我听吗？"

希腊哲学的一些最重要的继承者，尤其是阐述过亚里士多德思想的继承者，是罗马的斯多葛主义。斯多葛主义起源于希腊，第一个斯多葛主义者是生于公元前333年的芝诺。他在一次海难后从塞浦路斯来到雅典，碰巧遇到了所谓的犬儒学派的克拉特。当时犬儒的含义与今天有很大的不同。今天，犬儒者是一个残酷的现实主义者，但是在当时的希腊，犬儒者关心的是如何从拥有所有奢侈品和地位象征的物质世界中获得解脱和独立。他们四处游荡，在贫困和苦行中生活。最著名的犬儒者是第欧根尼，我们知道，他住在一个大桶里，对各种日常习俗和野心完全漠不关心。

芝诺成了克拉特的学生，但是他越来越关注理论思想，而非仅仅关注犬儒派相当极端的禁欲主义生活实践。因此，芝诺将最初的斯多葛主义同时框定为实践哲学和理论哲学。斯多葛主义这个词来自希腊语中的柱子，即"stoikos"，因为斯多葛派在雅典一个叫"Stoa poikile"的地方聚会和授课，意思是"五颜六色的柱子"。所以，也就是说，斯多葛主义是以一个出产哲学的城邦地区命名的。斯多葛主义部分地纠正了愤世嫉俗者推荐的禁欲主义（一种普遍的禁欲）和极其简单的生活。芝诺和后来的斯多葛派都没有放弃生活中的美好事物，而只是希望人获得一种针对美好事物的态度，并且为有一天将会失去这些事物做好准备。这个想法是，只要你能避免对这些东西产生依赖，吃好的食物或者住舒适的家并没有错。

芝诺还将包括伦理学在内的实践哲学与逻辑学和物理学等更多的理论和科学学科联系起来，强调斯多葛主义对人作为一种理性存在的兴趣，也就是说——在亚里士多德那里——作为一种存在，人不仅仅被赋予生物的欲望和本能，而且能够在适当的范围内使用理性来训练这些本能。因此，我们直接的本能冲动容易受到理性的影响，如果一个人想要过上好日子，就必须按照理性来塑造这些冲动。

斯多葛主义的目的正是过上美好的生活，然而，它的意义与我们今天所说的"美好生活"截然不同。在现代，这个词通常与享乐主义联系在一起，这是一种快乐哲学，在这种哲学中，人们应该有美好的、令人兴奋的和多样化的经历。今天的生活就是要过得好！对于古代的斯多葛派来说，美好生活——希腊语中的"幸福"（"eudaimonia"）——更多的是一种美德生活的概念，也就是说，一种按照伦理规范生活的生活。只有在这种生活中，人才能真正飞黄腾达，并且实现自己的人性。（译者注："eudaimonia"的字面意思是"好的神明"，可以引申为"幸福"或者"好运气"）这里的生活就是要过得好。

当斯多葛哲学传入罗马时，最重要的思想家是塞涅卡、伊壁鸠鲁和马库斯·奥勒留。他们在思想方面有很强的关联性，然而，他们分别是罗马的元老、奴隶和皇帝，过着非常不同的生活。塞涅卡大约于公元前 4 年出生在西班牙的科尔多瓦,在罗马成为一名非常成功的商人,他还在那里担任过参议员这样的职务。他还成为一名老师,后来成为残酷的尼禄皇帝的顾问。正如在罗马的政治阴谋中经常发生的那样,公元 41 年他被流放到科西嘉岛,在那里他被剥夺了所有的财富,因为他被指控与皇帝的侄女发生了不正当关系(可能是假的)。塞涅卡在科西嘉岛沉浸于哲学中,并且能够发展他的斯多葛思想。然而,他被赦免了,八年后回到罗马,他在那里成为尼禄的老师,后来在尼禄成为皇帝后,塞涅卡成了顾问。塞涅卡在公元 65 年奉尼禄之命自尽(因为尼禄认为塞涅卡密谋反对他),除了苏格拉底之死,他的死可能是哲学史上最著名和最被神话化的一次。据说,他首先割开了自己手臂上的血管,然后喝下毒药,却无法死去。过了很久,当朋友们将他抬进充满蒸汽的浴室时,他才窒息而亡。

塞涅卡的著作通常是实用的、具体的。它们通常是写给朋友和熟人的信,提供建议并且指导他们过理性的生活——所有这些都考虑了人生的短暂性。而作为一位现代读者,你会不会问塞涅卡:"我怎样才能充分利用我短暂的人生呢？"塞涅卡的答案不是尽可能多地体验人生，与之相反，是以温和与宁静的心态生活，并且努力限制自己的各种负面情感。塞涅卡认为："为了避免对少数人发怒，一个人必须宽恕所有人。而所有人都需要宽恕。"

伊壁鸠鲁大约在公元55年出生，他生而为奴。他的主人是皇帝的秘书，所以他有可能接触到宫廷里的知识分子，尼禄死后，他获得了自由，对受过良好教育和聪明的奴隶来说，这并不罕见。他离开罗马，在希腊的西部建立了自己的哲学学校。伊壁鸠鲁不是冰壶教育者。他希望自己的学生在离开学校时感觉很糟糕：就像你去看医生，就会发现有问题一样。伊壁鸠鲁在他的人生哲学建议中，也非常具体地描述了各种情况以及如何处理它们——从面对侮辱到面对无能的仆人。与其他斯多葛派一样，他的目标是过一种平静的和有尊严的人生，即使是陷入困境的时候。可以通过努力按照理性生活来实现这一点。对伊壁鸠鲁来说，使用自己的理性意味着区分自己能控制的事物和不能控制的事物。对你无法控制的事物（如天气、经济周期或者你自己的死亡），你应该做好准备，然而，为它焦虑或者恐惧是浪费时间的。你应该训练自己对真正能做的事情采取积极行动（例如成为一个更慷慨的人），并且接受那些你无能为力的事情。你需要有很强的理性，才能将两者区分开来。

马库斯·奥勒留生于121年，被称为哲学家皇帝。现代人对马库斯最熟悉的印象可能是雷德利·斯科特执导的电影《角斗士》，在这部电影中，这位正义的却濒临死亡的皇帝试图阻止他暴虐的儿子康莫德斯成为皇帝。马库斯·奥勒留从小就对希腊哲学感兴趣，他将这种兴趣保持到成年，即使在帝国的遥远地区进行征战时，他也经常抽出时间思考和写作。马库斯是罗马历史上最好的和最人道的皇帝之一——也许是所有皇帝中最好的。与其他大多数皇帝不同，他不关心个人利益，而是遵循相对坚定的政治路线，其中包括出售帝国财产以资助战争，而非增加税收。罗马历史学家迪奥·卡西乌斯写道，马库斯从最初从政（当时他是安东尼的顾问）到死，都没有丝毫改变。所以，在很大程度上，他能够坚守自己的诚信，以自己的善恶理念为导向。他在公元180年去世，罗马的市民和士兵都为他的死亡哀悼。然而，他的生与死并没有让人对斯多葛主义产生巨大的兴趣，因为他并没有对自己的人生哲学进行传播，而是很大程度上将它留给了自己。他最有名的书是《沉思录》，也称为《对自己的思考》，直到他去世后才出版。

最后一位罗马人值得一提，尽管他不属于严格意义上的斯多葛主义。他就是西塞罗，生于公元前106年，在拉丁语文学和思想方面独当一面。西塞罗是一位政治家，由于参与了围绕凯撒之死的暴力事件，最终他失去了生命。在他的信件以及其他文本中，西塞罗将斯多葛派称为"他的盟友"，他引用苏格拉底的话说，哲学是一种死亡练习。正是对死亡的恐惧压迫着人，使人生变得悲惨，但是在哲学的帮助下，人可以学会理性地处理死亡问题，这样恐惧就会消失。善对生死是西塞罗的主要主题，他总是适当考虑责任和公共利益，他的主要作品大概是《论义务》，他问到哪一种义务与做一个人具体地有关：我们人生的义务是什么？

基本上，斯多葛主义可以被看作希腊哲学的实际应用，尤其是亚里士多德的哲学。斯多葛主义以人是一个理性存在这一事实作为出发点，试图帮助我们所有人实现自己的理性天性。这就是人生的意义：成为我们都有潜力成为的理性人。现代的自我发展通常会寻求尽可能地帮助人本身成为单独的个体，而斯多葛主义的特点是为人设计了一个实用的教育计划，以符合所有公众的利益。这就是为什么斯多葛主义是人文主义传统的一个制高点，它从未忘记人必然是一个更大的自然的一部分，我们的任务就是要融入这个宇宙。

"你的英语说得真好，" 莎莉说，"而且这似乎是一个力透纸背的文本。而且在罗马这个场合非常合适，也就是说，与所有的罗马哲学家在一起。"

"是的，"安德烈回答说，"能读到这份文稿，让我很快乐。你知道，这些是看待人是什么的不同视角。它不是关于个体的，尽管它提到了很多哲学家和其他思想家，而是关于我们所有的共同点，因为我们是人。"

"我认为斯多葛派哲学家是最早意识到人应该对最亲近的人以外的人负有责任的那些人。"莎莉说。

"真的吗？"

"是的，我记得'宇宙的城邦'这个词与斯多葛主义有关。整个世界——宇宙，就像一个城邦。城邦，在希腊语中被称为'Polis'。我们不仅仅是伦敦公民或者罗马公民,而且是世界公民。世界公民。你们丹麦有这个概念吗?"

"是的。"安德烈回答说,他记得在高中课本上读到过这个概念。

"这种思想来自斯多葛派。我们是世界公民。在斯多葛派之前,人们只是认为,一个人必须满足于照顾那些看起来像自己并且生活在城墙内的人。但是在斯多葛主义看来,所有人在原则上都是平等的——因为他们是人。无论他们住在哪里。因为我们都是理性的。"

"那穷人怎么办呢?"安德烈问道,仍然无法从自己脑海中抹去那个带着孩子的罗姆女人的印象,"这个城市有如此多的穷人和无家可归的人。"

"好吧,我们必须帮助他们,照顾他们。"莎莉回答说,安德烈第一次感觉到她的声音中有短暂的犹豫和不确定。

"我曾经快乐地走过罗马的街道,头脑里充满了哲学思想,但是后来我经过一个带着小孩的乞丐。我突然觉得,这些美好的想法有点……无关紧要?或者至少不如我面前的乞丐重要。"安德烈说。

"嗯，是的，你说得确实有一定道理。"

"我很尴尬，我只是继续往前走，越过那个女人。作为人，作为世界公民，我们为什么不去帮助那些比自己条件差的人呢？"安德烈问道。

"是的，我们会的，"莎莉回答说，"然而，它是一项没有止境的任务。"

"是的，这是真的，但是当有一个活生生的人站在你面前时，我们还能说出这样的借口吗？"

突然，安德烈的智能手机上发出一个声音。安娜打电话来了。他抬头看了看莎莉，莎莉微笑着点了点头，安德烈接了电话。

"啊，亲爱的安德烈，"安娜用热情的声音说，"我一直期待和你说话！"

"我也是，安娜，"安德烈回答说，"但是……我实际上在与一个身在罗马的英国女孩说话。我刚刚看了《雅典学派》，现在我们正在谈论它。她的名字叫莎莉！"

"这听起来多么美妙！那幅壁画很美吧？莎莉去了那里面吗？"

"莎莉没有和我一起看壁画，但是我们曾经一起坐过火车，现在我们在罗马这里相遇了。我认为拉斐尔的壁画真的很美！"安德烈本来要说"大胆"这个词，但是他喜欢这样一个事实，即像美丽这样的词现在从他嘴里说出来，就像是世界上最自然的事情。他看着莎莉，说这话时脸红了，而她只是回以微笑，显然不理解他的言语。（译者注：安德烈其实想对莎莉说："你真的很美！"）

"如果你愿意，你可以在罗马多待几天。你和莎莉要一起去观光吗？"安娜露出一种淘气的表情。

"是的，也许吧，"安德烈回答说，"但是说真的，你怎么样了？"

"是的，谢谢，我已经吃了更高剂量的止痛药，所以现在我不那么痛了。另外，我认为自己不能再如此清楚地思考了。我可以读一点书，听一点广播，但是你可能不应该指望我有如此多的精彩想法，尽管我确实喜欢给你授课！然而，我已经变得非常容易打盹。我已经进入了地球上的邻居所说的末日时代！我认为这是一个有趣的表达。你可以相信，我们在这里一起笑得比你想象得更多。今天早上我在花园里。它是如此美丽！现在是丹麦的盛夏，所以没有比这更好的事情了。但是罗马也没有那么糟糕吧？"

"不，这里真的很好！但是我接下来要去哪里呢？"安德烈几乎要说"我们"，因为他非常希望能够和莎莉在一起。

"现在确保你先看罗马的一些重要的地方，比如斗兽场之类的。在那之后，你将回到北方，但是不会走太远。你将去佛罗伦萨，坐高速列车的话，我想只需要一个多小时。啊，佛罗伦萨！世界上我最喜欢的地方之一！"

安德烈可以看到，当安娜谈到佛罗伦萨时，莎莉抬起了头。他知道这是一座著名的城市，是文艺复兴时期科学、艺术和哲学的中心。

"我将在那里看什么呢？"他问。

"很多东西，"安娜回答，"但是最重要的是，你要去古老的百花圣母教堂看到马萨乔的壁画。它描绘的是亚当和夏娃！"

"亚当和夏娃？"安德烈惊讶地喊道，"你竟然信教了吗？"

"嗯，不是真的，"安娜回答，"但是我期待你看到那幅壁画。这是对人的艰难情感的最美丽的表达之一。现在你已经看了《雅典学派》中的所有科学家和哲学家,然后是时候让你也了解一下情感人生了。毕竟,我们不仅靠智力的帮助过着理性的人生,而且还过着情感的和有问题的人生。"

"是的,我发现了。"安德烈说,试图对莎莉微笑,莎莉在桌布上将他们的杏仁零食摆成一个小太阳的图案。

※

他现在独自坐在旅馆的床上。这是漫长而紧张的一天。罗马的炎热。令人印象深刻的古老壁画。在文艺复兴时期,人作为一种理性人而得到重生。斯多葛主义和世界公民身份。当然还有与莎莉的对话,以及许多杯滚烫的浓缩咖啡和冰冷的啤酒。也许这将是他一生中最美好的一天!莎莉和一个朋友去镇上喝睡前酒,她朋友和父母正在罗马度假。虽然他本来想继续他们的谈话,但是现在独自一人也是一种解脱。在这么短的时间内,以前的安德烈从未接收过如此多的信息。他的身体和灵魂都很疲惫。是的,灵魂——它现在是什么?

他拿出自己的笔记本,写道:"我现在已经看了拉斯科洞窟和《雅典学派》。我知道人是一个在不断变化的世界中进化的生物物种,然而,我也知道人是有思想的,因此可以与……自己保持距离。是的,正是我的理性使我能够写下这些想法,以便在以后找到它们。正如亚里士多德所说的,人是理性动物。然而,人也有各种情感!很多种情感。焦虑、羞耻、迷恋、爱。情感是非理性的吗?"然后他将头放在枕头上,比很多很多年以前更快地睡着了。

3 情感人

康德

休谟

佛罗伦萨

罪恶感

尼采

亚里士多德

成为人不仅仅是成为一个拥有思想的智能物种。我们不只是像超级计算机那样的智能机器。成为人也就是成为一个情感存在。

安德烈和莎莉在罗马共度了一个星期。他很清楚，莎莉只是将他当成好朋友。是的，当成一个好朋友，但是不会超过这个范围。当他们在城里走来走去、谈笑风生时，她拥抱他，也亲吻他的脸颊，然而，这就是全部。安德烈不知道是否应该向她示爱。是否应该告诉她，他爱上了她，实际上在与她共处时，他已经神魂颠倒了。但是他一直推迟告白，因为他害怕这将破坏他们在一起的许多美好快乐的时光。他也预料到自己会失望——他认为莎莉甚至也许会为他感到难过，因为她无法回报他的感情。这是他的典型做法。他总是想得很多、沉思得很多，表达得很少。

他们经常谈到爱。莎莉认为，爱是人类的基本情感，所有其他情感，比如悲伤、焦虑、愤怒、罪恶感或者仇恨都是次要的。爱最初源于缺乏爱的一些事物。

"我爱我的浓缩咖啡。"她说，"我爱罗马。我爱书。我爱这一切！"她继续说，直到她注意到自己的声音听起来像一部来自美国的蹩脚浪漫喜剧时,她才开始开怀大笑。

"我并不经常使用爱这个词。"安德烈说。

"那真是太可惜了!是爱让我们走出了自己。这是我父亲说的。现在我在这里独自旅行,因为我的朋友宁愿去伊比沙岛自拍。是的,现在我也许听起来像个老太太,然而我想,他们是如此自我陶醉。他们缺乏爱,他们需要去爱!"

"但是他们不爱自己吗?"

"一个人不能那样做!爱就是献身于别的事物。或者爱这里的咖啡!无论如何只能是爱自己以外的东西。"

莎莉使用了英语中的"献身"一词,当安德烈在他内心的字典中查找"献身"一词时,他想,他可能永远不会与自己的同学进行这样的对话。如果他问他们爱的定义,他们会嘲笑他。至少他是这么认为的。

"你会和你的朋友谈起这个吗?"他问莎莉。

"是的。并不经常。我有一些非常好的朋友,他们会讨论意识一类的话题。但是除此之外,我都是和父母交谈。他们非常开明,对我的经历和问题很感兴趣。但是他们也有点儿老套。"莎莉笑着说。

安德烈从来没有真正想过爱的本质。他应该怎么处理这件事呢?他偶尔与母亲一起看爱情电影,但是他们总是如此容易预测结局,总是如此平淡。也许莎莉是对的,爱就是要走出自己。将自己交给别人——或者别的事物。但是他不敢将自己交给她。

※

他现在坐在开往佛罗伦萨的高铁上。莎莉不在。她想再往南走,穿过意大利,可能去那不勒斯。毫无疑问,安德烈想跟她一起去。然而,他也觉得自己必须投身于自己的教育之旅。如果他问莎莉,她也许会愿意带他一起旅行,但是他必须按照安娜的路线向北去佛罗伦萨。

现在安德烈又是一个人了,他有点儿难过,但是与他有生以来所知道的那种孤独完全不同。当他过去得抑郁症的时候,整个世界好像都变成了空白。而他自己也是空白的。一切都不重要了,他也不真正关心什么东西。现在情况恰恰相反:这个世界充满了生命、光亮、色彩、人、食物、情绪、艺术和各种深刻的思想。他恋恋不舍地与莎莉告别，因为他宁愿和她一起在这有趣的世界上进行更多的旅行。

以前，他一直很悲伤，因为世界对他来说是灰色的。现在他可以看见世界并不是灰色的——至少不仅仅有灰色，他想和别人一起体验各种色彩。就是说，和莎莉一起！

当他拼写她的名字并且无声无息地念出来时，他能够感觉到自己身体的每一块肌肉都在为之快乐。谁知道呢——也许他们将再次一起旅行吧？他不得不相信这一点。至少他们有一个松散的约定，以后见面，可能是"在中欧的某个地方"，正如莎莉所说。安德烈的问题是，他不知道自己到底将要去哪里。他曾经告诉安娜，只需逐渐将旅行计划透露给自己就可以了，他想保持这种方式。幸运的是，他已经得到了莎莉的联系方式，她已经给他发了一堆信息和各种她认为有趣的事物的照片。她觉得很多事物都很有趣。招牌、街上的狗以及各式各样的衣服。仿佛她在拥抱自己遇到的整个世界。在她的眼里，一切都是令人兴奋的！而他现在是她世界的一部分。

当安娜给他打电话时，安德烈的思绪被打断了，他立刻直奔主题。似乎她在他们的谈话中变得越来越直接，安德烈想知道这是否因为她担心自己很快就会去世，所以想在去世前尽可能多地向他讲述。

"我要告诉你，"安娜说，她的声音中带着一贯的喜悦，"你将住在佛罗伦萨的卡夫酒店，我对那里有很多美好的回忆，所以请代我向好心的主人问好！他们是一个古老的瑞士家族。答应我早起，然后在屋顶露台上吃早餐！这里有整个城市最美丽的景色，可以看到所有的尖顶教堂和圆顶教堂，尤其是圣母百花大教堂，它拥有白色的大理石表面，也许是整个世界上最辉煌的教堂。还有一个屋顶游泳池，也就是说，在酒店旁边，而非教堂旁边，所以你可以去泡一泡——每年这个时候水通常都很热。顺便问一下，你的朋友要去哪里？"

"她要去那不勒斯。"

"那也是一座可爱的城市，尽管它仍然无法与佛罗伦萨媲美。如果你对罗马印象深刻，那么请你也对佛罗伦萨有所期待，它拥有同样多的东西，面积却小得多。这家酒店靠近阿诺河——与城市街道和建筑相比，它现在相当黑暗和丑陋——离游客最忙碌的地方有点远，所以你也有机会去旁边的公园散步。"

很明显,他将去佛罗伦萨的这件事让安娜很高兴。她列举了一大堆安德烈根本记不住名字的教堂、博物馆和城堡,但是她突然躺回床上,气喘吁吁,好像跑了一百米,并说现在他应该去读《何以为人?》。关于人是一个情感存在——一个情感人。他开始读那一章。而安娜必须要睡觉了。

通常当人与自己有联系时,也就是说,不是作为梅特或者莫顿这样的个体,而是作为人时,我们通过专注于自己的理性来做到这一点。因此,亲爱的读者,你之前已经读过关于人作为一种理性存在和生物物种——智人,正如你现在知道的,智人意味着思考的人。你也知道,亚里士多德在大约2500年前将人定义为逻辑动物,也就是理性动物,此后,在17世纪的笛卡尔、18世纪的康德以及19世纪以后的新科学心理学中,这一直是一个主导思想。

当然,没有人怀疑人也有情感,但是从占主导地位的各种科学视角来看,这些情感被认为是更原始的,既是我们天性的一部分,与动物共有,不像我们的理性是人类特有的。然而，如果根本不可能在理性和情感之间划清一条界限呢？如果人类不仅有特殊的理性，而且还有其他生物都没有的特殊情感，而这些情感使我们成为自己，那会怎么样呢？是的，所以将人单独定义为一种理性存在就成了问题。我们也必然是情感存在，也许这对于理解什么是人也同样重要。在某种程度上，这些想法也可以追溯到杰出的希腊人亚里士多德。他对情感人生做出了一个解释，即认为它与理性紧密相连。简而言之，他认为情感是认知的一个来源。

情感怎么能带来认知呢？它们不就是生物不可预测的非理性的过程吗？亚里士多德认为并非如此，而且当时领先的情感研究者们，比如研究大脑的安东尼奥·达马西奥，也同意亚里士多德的观点。即情感和理性之间的联系，比大多数哲学传统所承认的要密切得多。如果一个人在荒芜的森林中遇到一头熊时变得很害怕，那么这种恐惧感告诉我们关于这个世界的一些重要信息：这个人面临着一种威胁。在这种情况下，感到恐惧是非常理性的，因为恐惧可以使人挽救自己的生命。同样地，如果你让一个好朋友失望后，你会感到有罪。在这里，罪恶感会告诉你，你做错了事情，能够承认这一点同样是理性的，这样你就可以在未来表现得更好，甚至也许会向你的朋友道歉，并且得到原谅。

古代的亚里士多德认为情感人生（至少部分）是理性的，而当时的达马西奥以坚持理性也是（至少部分）情感的而闻名。如果要将其转化为具体情境中的理性行动，这一点尤其重要。如果人的大脑中集中参与情感人生的部分受到了损害，他们做出理性的决定时会面临很大的困难。即使他们在智力测试和普通谈话中表现得很好。因为一般来说，情感是良好行为和理性的重要组成部分。即没有情感，我们就不知道什么是重要的！

当然，反过来也可以是一种可能性：我们因为情感而做出非理性的行为。也就是说，各种情感会将我们引入歧途，或者给我们提供关于世界的错误信息。例如，有一个人可能对鸽子有一种非理性的恐惧，所以他无法独自在大城市中行走。另一个人可能在没有做错任何事的情况下感到内疚。但是这样的例子无法说明情感是与理性完全不同的东西。它们显示了完全相反的情况：当情感不合理、愚弄我们、给我们带来误解之时，我们会认为情感有问题。

情感人生可以被看作一个雷达，告诉我们什么是重要的（尤其是在与其他人的关系中），但是这个雷达当然可能有问题，例如因为神经系统的损伤或者各种心理问题。在后一种情况下，心理治疗有时是有益的，可以帮助当事人了解他们的情感人生如何捉弄自己，从而使他们的"雷达"能够更好地适应环境。成为人必需的教育过程，也是对我们情感人生的教育过程——教育出一部情感"雷达"，这样我们就能以最好的方式理解世界，从而也能以最好的方式行动。

这样一来，不仅情感与理性之间有密切的联系，而且情感与伦理之间也有密切的联系。这种关系一直是哲学的一个重要主题。最著名的是苏格兰启蒙哲学家大卫·休谟和伊曼努尔·康德之间的讨论，这在前面已经提到过。休谟认为，理性是各种情感（他将它们称为"各种激情"）的奴隶，因为只有激情才能促使我们行动，并且赋予世界意义和价值。因此，根据休谟的观点，某物对我们有价值，只是因为我们对它有积极的情感，某物是坏的或邪恶的，是因为我们对它有消极的情感。因此，休谟认为撒谎是错误的，不是因为这种行为本身有什么错误，而是因为它在我们身上引起了谴责这种行为，会给人带来负面情绪。另外，康德认为这是一个可耻的观点，因为它将使伦理学或者道德随机化了。对与错将被简化为个体随机的情感态度。如果现在有些人在撒谎时没有负面情绪的反应，那么他是不是突然就没有错了？是的，康德认为，为了证明这一点，他发明了一种道德哲学，试图将对善与恶的理解从情感中分离出来。根据康德的观点，如果一个人有可能希望自己的行动所依据的东西始终适用于其他类似的情况，那么这个东西就是好的。他称之为"绝对命令"。如果某个事物告诉你必须怎么做，它就是一个命令。它是明确的，因为没有为道德上正确的行动设定任何条件，或者从该行动中获得收益。我们必须这样做，只是因为它是正确的，而非因为我们可能从做这件事中得到什么。康德说，这就是情感经常捉弄我们的地方，所以我们会执行一个行动，因为它使我们高兴、自豪或者钦佩，而这纯粹与道德本身无关，他认为，只有能够成为普遍性的行动——即在类似情况下任何理性存在都能证明其合理性，在道德上才是正确的。

休谟的情感道德有可能导致随机性，除了人们的直接偏好以外没有任何基础的道德，而康德反情感的道德则有可能导致过度僵硬和形式化的道德观。例如，康德从不认为谎言在道德上是正当的。因此，即使会使其他人受伤，一个人也应该说出真相，这可能与大多数人的正义常识背道而驰。(典型的例子是盖世太保敲门问他们，是否在藏匿犹太难民。如果犹太人的家人坐在地下室里，你说出真相的话，他们就会死在盖世太保手里，这在道德上是否正确？)

在某种程度上，我们的英雄亚里士多德采取的立场介于休谟和康德之间，休谟让道德从情感中产生，而康德否认情感在道德问题中的重要性。如果亚里士多德生活在启蒙运动时期，他可能会同意休谟的观点：情感在道德上是极其重要的。即正是我们的情感（作为雷达）在道德问题上引导和告诉我们，它在不同的情况下对我们有什么要求。但是与休谟不同的是，亚里士多德认为我们的情感可以通过理性进行培养。如果我们是由优秀和公正的教育者教育的，我们的情感将是一个可靠的道德雷达，所以我们正确地对可恶的东西感到厌恶，对快乐的东西感到喜悦，对可耻的东西感到羞耻，对可怕的东西感到恐惧，等等。

那么，在这里，当谈到理性塑造人类行动的可能性时，亚里士多德与康德更为一致。然而，这里的前提是，我们已经学会了正确地感受。而这正是这一章关于"情感人"的主要信息：人可以正确地感受（也可以错误地感受）。例如，我们应该学习，当我们收到心地善良的施与者的礼物时，我们应该感到高兴。即使这个礼物是你不想要的东西，或者是你不关心的东西。而蹒跚学步的孩子也许会做出令人失望的大喊大叫的反应，那些抚养孩子的人就应该将孩子的关注吸引到施与者的意图上，渐渐地，孩子就有希望学会感激别人试图逗自己开心的意图。我们可以用一些比喻来概括这三种关于情感的观点：在亚里士多德那里，情感是一个雷达，告诉我们世界的状况；在休谟那里，情感只是驱动生物前进的燃料；在康德那里，情感几乎可以被视为理性机器中的起干扰作用的沙砾。

安德烈抬头看了看窗外。当托斯卡纳式的风景以独特的方式飞驰而过时，如果一个人只是直视前方而不将眼睛停留在一些元素上的话，树木与建筑可以形成几乎飞速掠过的条纹。休谟、康德、亚里士多德。这些名字在他的脑子里盘旋着。他眼前又浮现出了那个可怜的女人。他曾经感到有一种帮助她的愿望。与此同时，他有一种不同的感觉，也许是吝啬，或者只是害羞。而他已经继续往前走去。奇怪的是，她占据了他如此多的思想。他见过许多无家可归的人，无论是在丹麦还是在其他国家，电视上每天都有关于难民流动的新闻，有需要帮助的男人、女人和儿童的照片。关于那个带着孩子的女人的一些情况，让他印象深刻。他一直想成为一个更慷慨的人。他一生中的大部分时间都生活在自己的头脑中——现在他要伸出手来。他想知道自己的"道德雷达"是否能足够良好地运转，他是否真的学会了为他人着想。

※

他需要在火车上休息一会儿，当火车驶入佛罗伦萨站时，他被吵醒了。从火车站到卡夫酒店只需要步行十分钟左右。这是一座美丽的、明亮的建筑，坐落在一个安静的街区，带有他曾经去过的意大利城镇的特色。在办理完入住手续后，他将行李放在床上，走上屋顶露台，在游泳池里游泳。这里很凉，冰冷的池水与炎热的太阳以及泳池周围炙热的瓷砖之间形成了反差,带来舒适的刺痛感。他潜入水中,在水下游了很长一段距离,抬头看着太阳在水面上闪烁。也许莎莉是对的?也许一个人将会爱上这一切?

他可以看到,当他在水中时,他的母亲曾经试图给他打电话。他意识到自己想念她。他也很想念安娜。还有莎莉。他感到很孤独,然而,这种方式并不赖,实际上他想与一些人在一起,并且期待着再次见到他们。他让太阳晒干身体,同时打电话给母亲,她几乎热情地尖叫说他现在像在海滩度假。然后他继续读一本关于佛罗伦萨的书,那是安娜在这次旅行之前给他的。

这座城市没有罗马那么大,只有大约40万人口。但是依据这本书的描述,它几乎是文艺复兴时期艺术、文化、科学和哲学的圣地。这座城市是在几千年前作为罗马殖民地建立的,大约在一千年前,它成为一个独立的城市,后来成为盛产纺织品的地方。早在13世纪,佛罗伦萨人从英国进口羊毛,并且进行预加工,然后销往非洲和东方的市场,商人们可以从那里买回香料和贵金属。因此,我们今天所称的全球化在当时已经是一个普遍的过程,它使佛罗伦萨成为一个富裕的、强大的贸易中心。

这本书认为，这座城市获得了如此多的黄金，以至于它可以创造自己的金币——弗罗林，并使其成为欧洲的首选货币，由美第奇银行家族向该城市的绝对统治者提供。这个城市的财富也使它有可能创造出一些欧洲最重要的建筑，从埋葬着米开朗基罗、马基雅维利和伽利略的圣母百花大教堂和圣克罗齐大教堂，到像佛罗伦萨老桥这样的跨河桥梁和跻身世界最著名艺术博物馆的乌菲兹美术馆。达·芬奇、拉斐尔、米开朗基罗、多纳泰罗和波提切利等艺术家与佛罗伦萨有关，科学家如伽利略和马基雅维利——后者可被视为早期社会科学家，以及诗人，比如但丁也与佛罗伦萨有关。

"哇！"安德烈想。他以前听说过所有这些名字，至少从《忍者神龟》的主角莱昂纳多、多纳泰罗、米开朗基罗和拉斐尔那里听说过，他小时候看过所有剧集。他仍然在酒店的屋顶上，感觉到温暖的风吹在自己的皮肤上，眺望着城市里的尖顶和圆顶。想到所有这些聪明的人、天才，都来过这里，在下面的街道上行走，画出他能看到的这些建筑和塔楼——在画布上和房屋周围的墙壁上作画，他有一种惊异的感觉。他觉得自己就像一个痴迷于足球的小男孩去拜访他的英超偶像。他想知道更多，了解更多，做得更多！他将《何以为人？》的文稿拿出来，然后继续阅读关于人是一种情感存在的部分。

我们人的许多情感都是与其他生物共有的。当一位先生回家时，我们可以感受到狗在摇尾巴的快乐；当狗被烟花惊吓时，我们也可以感受到它的恐惧。而这些纯粹是面对外界简单刺激时的直接感受。事实上，除了这些相对简单的情感之外，人们还有一个特别复杂的情感调节器，它既与我们的理性能力有关，也与我们的自我反思有关——也就是说，人与自己有关的能力。有焦虑、负罪、羞愧和悲伤等情感。至少可能是这些情感达到一种程度，从而使我们成为人，而非我们的理性使我们成为人。许多关于人的哲学和科学描述都是基于这样的想法：一些特定的情感是人的存在方式的基础。这里一定有三种最重要的情感——焦虑、罪恶感和羞耻。

焦虑是有史以来最伟大的丹麦哲学家索伦·克尔凯郭尔的哲学分析主题。他生活在19世纪上半叶，创作了自己的杰作。当时，世界正处于现代性的阵痛之中，与之相伴的个人主义、无意义与孤独感开始兴起。克尔凯郭尔在他的书中,错综复杂地用大量假名和存在主义立场书写,对人这个事物提供了不同的视角。针对宗教问题、伦理问题和心理问题发表了许多不同的意见。在《焦虑的概念》中,他(借助假名作者维吉利乌斯·豪夫尼西斯)将焦虑描述为一种独特的人类情感。与人和动物共有的针对具体对象(例如,烟花或者蛇)的恐惧不同,焦虑没有一个具体的对象。情感指向世界上的某些东西是很常见的,因此可以告诉我们可怕的、快乐的、悲伤的或者羞耻的事情。然而,这里的焦虑是一种特殊的东西,因为根据克尔凯郭尔的说法,它的对象是虚无。人们可能会害怕危险动物的攻击,就像弱小的动物可能会害怕强壮的动物一样。但是这种焦虑并非针对这种具体的现象。克尔凯郭尔认为,焦虑是精神性的,这意味着它不仅仅是身体上的或者心理上的,因为精神是一个范畴,可以表示人是身体和心理之间的联系,即人如何与自己发生联系。因此,焦虑是一种独特的发生在人身上的现象,因为它预设了虚无的概念——一个人还没有做什么,就已经有了行动的可能性和最终的自由。这样一来,焦虑与人类自我的反思性同时产生。作为一个能与自己发生联系的人，作为一个做出选择并且因此承担责任的人，焦虑必然伴随着他。

克尔凯郭尔提到了创世神话，神告诉亚当不要吃智慧树上的东西，因为它能使人明白善与恶。"由此看来，亚当并没有真正理解这个词。因为这种分别在吃过苹果之后才有，在此之前，他怎么能明白善恶之间的区别呢？"因此，"这条禁令使亚当焦虑，因为它在他身上唤醒了自由的可能性。过去的纯真成了面对虚无的焦虑。"克尔凯郭尔认为，虚无能够通过焦虑向人展示自己。

今天很少有人相信创世神话是真的，然而，它可以揭示一个深刻的心理真相：即做出有意识选择的可能性——我这样做还是那样做？——这与焦虑的感觉有关，因为焦虑正是针对无法认知的东西，针对行动或不行动的可能性。我感觉想要 X，但是我真的必须拥有它吗？动物在任何特定时刻都会根据体内最强烈的冲动行事，与动物不同的是，人可以从冲动中后退一步，对其进行评估。X 值得我去觊觎吗？克尔凯郭尔认为，这种反思的能力与焦虑密切相关，所以这种感觉、道德与人类自我之间存在内在的联系。

但是通过焦虑可以创造出什么样的自我呢？这在克尔

凯郭尔的《致死的疾病》的著名引言中得到了回答——这本书的笔名为反克利马科斯，但是以克尔凯郭尔的名字出版——内容如下：

> 人是精神。但是什么是精神？精神就是自我。但是什么是自我？自我是一种与自己有关的联系，或者它在联系中，这种联系与自己有关；自我不是联系，但是这种联系与自己有关。

乍看之下，这句话似乎有点难，实际上并不太难理解。首先，克尔凯郭尔将人定义为精神，然后他问精神是什么。他立即回答说，精神就是自我，随后又出现了一个新的问题，自我是什么。他将自我确定为与自己有关的一种联系。那么，自我不是一个物体或者一个物质。比如说，自我不是大脑，而是一种联系。自我在什么之间？自我在灵魂与身体之间，正如人们在克尔凯郭尔的时代说的。但是仅仅存在于灵魂与身体——精神与生理之间的联系，并非克尔凯郭尔意义上的自我。即使是狗或者金丝雀，除了身体方面的属性外，还有精神方面的属性。因为它们能感觉到疼痛或恐惧，但是它们并非精神上的存在。身体与灵魂之间的联系首先成为精神方面的联系，从而成为一个自我，因为它与自己有关。所以，自我既不是我们的个体意识，也不是生物学意义上的身体，更不是这些东西的总和，相反，自我是一个人能够与它们之间的联系发生联系的事实。换句话说，自我的概念就是我们的自我反思能力，克尔凯郭尔试图表明，这种能力建立在焦虑的基础上。在这种情况下，自我反思带来的自由选择与焦虑并存。成为人就会焦虑，这也许不是很好，但是它使我们与自然的其他部分区别开来。

另一种帮助我们成为人的情感是罪恶感。在心理学方面，这种情感是为了告诉我们，我们做错了什么——例如，假设我们违背了承诺。感觉到有罪也不是什么令人舒服的事，所以你可能会问，如果我们能在生活中摆脱这种感觉，岂不是更好？对此，答案必须是否定的，因为如果我们没有罪恶感，我们就不能是真正意义上有道德的。然而，这并不意味着所有的罪恶感都是合理的。即人们会无缘无故地感觉到罪恶感，即使他们没有做错什么。不幸的是，对于那些在儿童时期受到虐待的人来说，情况往往就是这样。

在这种情况下，显然必须认识到，没有必要带有这些情感。但是对其他人来说，情况恰恰相反：即使他们做错了事情，也不会感到有罪恶感。在这种情况下，他们甚至也许不会发现自己做错了什么，因为正是罪恶感才能让他们知道这一点。因此，负罪是一个例子，可以说明情感具有充当道德雷达的重要功能，如果一个人缺乏这种功能，他就很难在根本上有道德行为。因此，让孩子学会在犯错的时候有罪恶感也很重要。

尤其是受人尊敬的哲学家弗里德里希·尼采——他的著作写于19世纪下半叶，不幸地被纳粹滥用了。众所周知，他强调负罪是自我的根基。尼采指出，当我们被要求，甚至被迫对我们的行为做出解释时，我们就会成为反思的存在。当别人闯入我们的生活，坚持要求我们用道德标准来解释自己时，我们将能够与自己建立联系。如果我们从未满足过这种要求，我们就会停留在即时性里，难以发展反思性的自我意识。作为人，当一个强大的权威（如父母或者教育者）要求我们在一个受认可的法律和惩罚体系中对自己的行为负责时，我们才开始对自己的行为负责。当孩子做了错事或者被禁止的事情（例如，将他的牛奶杯头朝下），父母要求孩子解释时，他们可能会生气地问："你到底为什么要这样做？"孩子也许不知道自己为什么这样做，但是不管怎样，他还是被放在一个必须解释他的行为的位置。在这里，孩子被当作一个负责任的人，甚至在他是真正意义上的人之前，正是这种控诉使他随着时间的推移成为一个负责任的人。

在这里，罪恶感很重要，因为用当代哲学家朱迪思·巴特勒的话说，正是"对罪恶感的指责创造了成为主体的可能性"。通过罪恶感的指控，孩子被卷入一种关系中，他或多或少被迫将自己和自己的行为置于决定孩子是否有罪的进程中。当然，成为一个负责任的行为者并不是基于一个单一的事件或一夜之间发生的事情。它是在几年内发生的事情，反思的、负责任的自我以这种方式逐渐出现。与焦虑一样，负罪是人必不可少的一种情感。我们应该知道，这些情感是人类教育的一部分。

当安德烈听到自己的名字时，他的阅读被打断了。他抬起头，看到弗雷德里克就站在自己面前。弗雷德里克在小学时是安德烈的同班同学，安德烈开始上中学时，弗雷德里克与他的父母搬到了哥本哈根，他们就分道扬镳了。他身材高大、金发、体格健壮，在安德烈面前高高耸立着，遮住阳光，看起来像个模特。

"嘿，安德烈！你在这里做什么？你和你的母亲在一起度假吗？"弗雷德里克问。

"不，"安德烈回答说，"我在独自坐环欧火车旅行。"

"你骗人的吧！"弗雷德里克感叹道。他显然不相信安德烈是一个能够在环欧火车旅行中管好自己的人，"这真是太酷了。"他补充说。

安德烈突然意识到，他正坐在一堆游泳裤上，腿上放着一捆厚厚的 A4 纸。这让人感觉完全是错误的。自从小学结业式那天以来，他还没有见过弗雷德里克，一想到这一点，他的胃就疼了起来。弗雷德里克和其他男孩讲了很多笑话，但是每次当安德烈试图想对他们说些什么时，他们都不吭声。或者说，有很多人在傻笑。他觉得自己正在毁掉一切，最后他焦虑不安，所以给母亲打电话，让她在晚上 10 点前来接他。现在感觉像是很久以前的事了，但是所有旧的情感又一次在他身上冲刷，就在弗雷德里克面前。

"我和父母在托斯卡纳度假，"弗雷德里克一边说，一边试图微笑一下，也许是为了打破尴尬的沉默，"然后我们就在佛罗伦萨待上几天，看看所有的事物，再去一个小城堡待几天，度过剩下的假期。"

"你渴吗？"安德烈听到自己说。

"是的，我们就在这里喝杯苏打水吧。"弗雷德里克回答，他们走到游泳池旁边的一个小酒吧，那里可以买到饮料和小吃。

他们坐着用吸管喝苏打水，彼此没有说什么。安德烈觉得被送回了一个不舒服的时代。他本应谈论自己所经历的一切，也许还有安娜和莎莉，但是这种感觉很尴尬。弗雷德里克讲了一些他在哥本哈根的生活情况。他在尼尔斯·布洛克的创新高中就读，并且正在开发一个针对年轻人的交友应用程序。"有各种各样的交友平台，"他告诉安德烈，"但对于青春期的人来说，缺少了一些东西。"

安德烈不知道该对弗雷德里克说什么。"他一定认为我是个白痴。"安德烈想，他只是摆弄着自己的吸管，试图将冰块钉进杯子里。幸运的是，弗雷德里克的父母前来打招呼，但是显然没有认出安德烈。他们看起来就像年长版的弗雷德里克：高大、苗条、晒黑、金发。他们将要进城里吃饭。弗雷德里克问他们是否将在第二天见面，也许可以一起出去。安德烈说是的，在与弗雷德里克及其父母告别后，他低头盯着《何以为人？》看了起来。他已经读到了关于羞耻的段落。

　　无论是在克尔凯郭尔的哲学中，还是在创世纪中，除了焦虑，还有一种基本情感很快就浮现了出来。正如我们所看到的，克尔凯郭尔将这个叙述解读为一个神话，它讲述了人面对虚无（选择和自由）时存在的焦虑。正是这种焦虑将我们从直接的动物性的纯真引向反思的人类自我意识。然而，这种自我意识也与羞耻密切相关。这个创世神话可以被看作一个社会心理学的描述，即人的自我是如何通过羞耻诞生的——当个体通过别人的凝视看到自己时。

　　自我作为一个反思过程，产生于通过他人的眼睛看自己的可能性，这可能是一个羞耻的时刻。在创世神话中，因为当亚当和夏娃认识到他们违背了神的话语而做错事情时，自我反思的第一道曙光出现了——人的自我本身完全展开了。他们因看见自己赤身，而感到羞耻，不得不遮盖自己的身体，神给他们穿上衣服，将他们驱逐出伊甸园。

在佛罗伦萨发现的马萨乔在1425年创作的著名壁画中，我们可以看到亚当和夏娃是如何被描绘成具有普遍的羞耻表情的，即以掩盖的形式来保护自己免受他人以及神的凝视。

亚当和夏娃通过对方与他们联系的方式与自己联系，因此获得了一种自我反思的体验。这是基本的社会心理学：我们的自我联系是从外部创造的——通过与他人的联系。只有那些有能力以这种方式从外部审视自己的人，才能感到羞耻，才能有道德。罪恶感让人知道，他或者她通过特定的行为在道德上犯了错，而羞耻则指向对自我的理解，认为自己在别人眼中是错误的。就像罪恶感既可以是有理由的，也可以是无理由的一样，羞耻也是如此。不幸的是，人们可以毫无理由地感到羞耻（而且可能需要专业的帮助），但是他们也可以有理由为没有这种伴随的感觉而感到羞耻。在后一种情况下，我们称之为无耻，这是一种道德缺陷。感觉不到羞耻，被称为精神病态或者反社会人格障碍的精神障碍的症状。

根据后来的心理学和社会学理论，创世神话以其独特的自我反思能力和道德能力，成为对人的自我出现的有效的、高度浓缩的描述。这个神话表达了一个重要的观点，即自我与感受自我反思的情感的可能性有关，例如羞耻，即当一个人暴露在他人面前时，他有机会将他人的目光转向自己。羞耻的一个典型例子是，当一个人通过钥匙孔窥视某人时，却发现他或者她自己正在被监视。在这里，自我以一种痛苦的方式成为一个对象。马萨乔在古老的壁画中准确地捕捉到自己矮小的裸体给人带来的那种感觉。动物无法感受到这种羞耻——这是一种人特有的情感。在羞耻中，一个人无法控制自己如何向他人展示自己，这为社会提供了一个强大的机制来对个体进行控制。几乎自相矛盾的是，正是自我的痛苦启示同时将自我创造成一种反思性的产物——在某种程度上，它就在启示中，并且由启示本身创造。

安德烈想，他是多么了解羞耻的感觉。也许他一生中的大部分时间都是羞耻的？这几乎是一个具有反讽意味的巧合，他刚刚与弗雷德里克的会面，提醒自己有这种情感。他不禁想知道弗雷德里克如何看待他。但是为什么它很重要呢?他就不能不关心吗?为什么他总是像老照片中的另一个亚当一样逃避社交场合?

※

第二天早上,安娜给他打电话时,安德烈还没有起床。"我今天有一个宏大的计划给你。"她说,"你也许认为这个城市中最重要的东西是乌菲兹美术馆或者其他著名的旅游景点,当然,你应该去看它们。但是首先,我想给你看一幅马萨乔的壁画,它在圣母百花大教堂里,叫作《布兰卡奇》。然后你将在《何以为人?》中读关于情感的内容。"

"我已经读了。"安德烈说这句话时带着骄傲。

"你真的读了吗?"

"是的,我读过焦虑、罪恶感和羞耻的内容,也看过亚当和夏娃被逐出天堂的画面。"

"哦,是的,你真的看过了。那个画面会在文稿中重现。我记得这一点。好吧,无论如何,你别被愚弄,才能在现实世界里看到它!教堂离你的酒店只有大约一公里。

只要你过了河,就快到了。想一想,艺术史上最伟大的杰作之一就挂在那个小教堂的墙上,任何人都可以进去免费观看!"

"是的,在佛罗伦萨的任何人。"安德烈说。

"是的,这是真的,但是每个人一生至少应该去一次。就像一次朝圣,你将要去纪念一些最重要的欧洲思想的诞生地。马萨乔本人是一位伟大的画家,他当时只有 26 岁。小教堂里的这幅壁画是文艺复兴早期最重要的作品之一。当你看着亚当和夏娃时,你真的会感到羞耻。"

"你知道自己也会羞耻吗?"安德烈迟疑地问道。他习惯于与安娜谈论艺术和科学,但是他们很少讨论个人问题。

"是的,你知道的,我知道自己会羞耻,"安娜回答,"我想所有的人都知道羞耻。你有什么特定的想法吗?"

"我在你给我的文稿中读到了羞耻。我只是觉得,这种羞耻很大程度上……在我内心深处。"这些话从安德烈嘴里说出来,感觉像是一种解脱。

"好吧,我亲爱的安德烈,你没有什么可羞耻的!我知道你小时候经常伤心,但是这并不值得羞耻!"

"不，我也认为不是这样的。我不知道，但是我好像一直对别人关于我的看法过度敏感。"

"完全不必担心这个问题！你现在的样子已经足够好了。你一直是一个可爱而体贴的男孩。你的头脑和心灵都在正道上！"

"有时我觉得自己被困在自己的头脑里！"安德烈惊呼道。他以前从未对安娜如此坦白过，"我如此想出去走到人群中，但是我一直觉得自己做错了什么。"

"我年轻的时候也有一点儿这样的感觉。只有在我上了大学并且沉浸在科学中以后，这种情况才得以改变。然后我就爱上了知识和爱——当你作茧自缚时，这些是最好的出路。"

"谢谢你，奶奶。"安德烈回答，"你应该知道，我们的谈话对我来说有多重要。当我与你在一起的时候，我一直觉得可以自由地说出自己想说的话。"

"听到这些话真好！我也有同样的感觉。我这一生工作得如此卖力，以至于与家人和朋友相处的时间太少。但是幸运的是，这种情况因你而改变了，安德烈。与你一起是一种极大的收获。"

安德烈可以看见，安娜的眼睛里有泪水。这看起来不像是她，他不知道应该说什么。所以他只是看着安娜的脸和嘴，尽管有一滴泪水顺着她的脸颊流下，他发现有一条皱纹短暂地充满了泪水，然而，他还是傻笑着。安德烈有一种奇怪的感觉。既为生病的祖母感到悲伤，又为自己长大成人感到骄傲。他可以陪伴自己的奶奶，他可以安慰她。他对她是有意义的。

※

安德烈以一种平静的忧郁心情介绍了这一天的情况。他的身体是沉重的，自己却感到愉快——有点儿像在火车上放松的感觉——当他在佛罗伦萨的街道上闲逛时，街道越来越温暖。他首先参观了教堂，马萨乔的壁画装饰着这个著名的小教堂。这座教堂建于 1268 年，从外面看可不太像。它坐落在河那安静的南岸，通向一个无人注意的广场，他在寒冷的小教堂里很快就发现了那幅令人印象深刻的壁画。人们必须支付少量费用才能进入小教堂，在那里可以非常靠近彩绘的墙壁。它是如此古老和美丽！这幅壁画是在整个文艺复兴时期人类的自我理解发生剧变的前夕绘制的。

夏娃的痛苦面孔让他特别着迷。也许马萨乔时代的人们真的相信这个神话就是关于创造人的文字记载？然后他们可以反思亚当和夏娃所感受到的羞耻，这种羞耻从那时起将会折磨被放逐出伊甸园的人，他们不得不意识到自己是凡人，注定要互相伤害、互相审视，要么承认对方，要么歪曲对方。显然，道德会让羞耻付出代价。安德烈想知道，莎莉针对这个故事会说些什么。不知道她是否会指出，因为是夏娃被蛇引诱，吃了禁果，所以才允许从男人的视角来补救？这是夏娃的错。想到这里，他笑了，希望有机会问问莎莉这件事。他非常想念莎莉，然而，这与他想念安娜和母亲的方式不同。

参观完教堂后，他进一步深入这座城市。他从南到北穿过著名的韦基奥桥，在游客、珠宝商和冰激凌卖家之间以"之"字形穿行。他走过乌菲兹美术馆的通道，那是老美第奇家族著名的办公场所，现在是一个艺术博物馆，他没有进入博物馆，而是继续往上走到大教堂。一切都很美、很有特色，尽管人多，但是也很容易到达。他以与旅游人群相同的速度在街道上穿行，停下来，买水，继续往前走，在长椅上休息，再继续往前走。他想，但丁、米开朗基罗和伽利略曾经走过这些街道。他们曾经与同时代的人讨论过宗教、文学、艺术和物理学。他们曾经是我们所称的文艺复兴时期的人，具有跨越现代社会特点的广泛视野——例如，在艺术和科学之间跨界。

　　安德烈想知道一个人应该学习什么，才能成为文艺复兴者。他很少考虑高中毕业后将要做什么。也许是与网络、编程或者游戏开发有关的东西？但是现在他感觉到了更多的东西……他在脑海中寻找着这些词……也许是从历史角度出发？他所接触到的看待人的各种视角——生物人、理性人、情感人——以及他在法国、罗马和佛罗伦萨亲身体验到的视角，他都想进一步探索。也许可以在某个地方学习这些理念。

※

　　当弗雷德里克进门时，安德烈正坐在卡夫酒店的大厅里。他穿着昂贵的衣服，看起来就像一个英国网球明星，当他看见安德烈时,脸上露出了灿烂的笑容。

"嘿,你,今天在城里转了吗?"他问。

"是的,我第一次看了一个古老的小教堂,它在河的南边。之后我在大教堂附近的旅游区散步。你做了什么?"

"我和父母去过乌菲兹美术馆。"弗雷德里克回答。

安德烈正准备听一大段关于这有多无聊的诽谤,但是弗雷德里克继续微笑着说:"这真是太棒了!我看了波提切利的《维纳斯的诞生》和《春》,《春》在他们这里也被称为《白桃花心木》。真是太好了!你知道那些画呀?"

"是的,"安德烈回答。他对这两幅画很熟悉,尤其是《维纳斯的诞生》很有名,它也许是世界上最有名的画之一。"你对绘画感兴趣吗?"他问。

"一点点。我去过纽约、伦敦、马德里和巴黎的大型艺术博物馆。与我的父母一起去的,他们喜欢古典艺术。他们一直拖拽着我,而我也开始喜欢上了这些古老的杰作。你呢?"

"我主要是通过我奶奶知道的。"安德烈回答。他告诉弗雷德里克关于安娜的病,以及她为他们两人计划的旅行。

"你奶奶的事让我很遗憾，但是这听起来是一个非常酷的主意。要像那样去旅行！"弗雷德里克说。他告诉安德烈，他的祖父母都在多年前去世了。他的父母很晚才生下他，而且他是个独生子。

弗雷德里克让安德烈感到很惊讶。他一直认为弗雷德里克是一个肤浅的人，主要对自己的外表感兴趣。然而，安德烈现在发现弗雷德里克还有另一面，即可能和其他有深度的人一样可以提出问题。

"不幸的是，我们明天将要去乡下度假。否则我可以带你看乌菲兹美术馆。如果我们能得到一张票就好了！很遗憾，我们以前从未真正这样交谈过。"弗雷德里克说。

"是的。"安德烈回答说，他正要把他整个童年的故事都讲给弗雷德里克听，然而他还是忍住了。也许弗雷德里克可以成为一个朋友，然后他可以向对方讲述自己的整个人生。

※

安德烈坐下来写了很多笔记。他试图控制住自己的想法。在那些日子里发生了如此多的事情。他发现弗雷德里克实际上是一个善良体贴的人,他希望在丹麦的家乡再次见到弗雷德里克。这么多年来,他们怎么会如此不合呢?例如,如果他们谈论艺术或者传播哲学思想,他们可能都害怕和盘托出。他也了解到人是一种情感存在。当然,他提前知道了这一点——从自己的经历中,但是现在他可以借助一些基本的概念来理解它。

安德烈在他的笔记本上写道:"成为人不仅仅是成为一个拥有思想的智能物种。我们不只是像超级计算机那样的智能机器。成为人也就是成为一个情感存在,知道焦虑、罪恶感和羞耻。计算机没有这些情感。我认为动物们也不会有情感。他们可能会感到恐惧,但是不会感到焦虑。"他了解到,正是情感将人们引向了道德问题。显然,这是休谟和康德在启蒙运动期间的一次讨论。后来,克尔凯郭尔带着他的焦虑和羞耻来了!多么令人着迷!

他想,自己如此了解的焦虑、罪恶感和羞耻并不只是克尔凯郭尔头脑中的让人不愉快的缺陷，这也让他感到欣慰。相反，这是他的人性的表达！他想，成为人，可能意味着学会与这些情感一起生活。它们本身并不危险，不过是一个反思的存在的一部分。一种"与自身有关系的联系"，正如克尔凯郭尔显然曾经写过的自我。安德烈从未读过克尔凯郭尔的作品，他想回丹麦后读。现在他已经很累了。他开始将自己看成马萨乔笔下的亚当，旁边是夏娃和莎莉的脸。他可以看出这很滑稽，还听见自己在睡着时笑了一下。

4 社会人

黑格尔

萨特

布拉格

人既是善良的,也是邪恶的。我将永远不会忘记这一首悲歌。

乔纳斯

加缪

战争

在佛罗伦萨离酒店不远的一家印度小餐馆，安德烈刚刚吃了整个旅行中最好的一顿饭。餐厅里只有几个小家庭占据了用餐空间，然后是他自己。他被安排坐在窗户尽头的一张双人小桌子旁。他坐在那里，透过蕾丝窗帘看着佛罗伦萨一条小街上的几个路人。这是他在意大利佛罗伦萨的最后一夜，是的，在南欧的最后一夜。安娜已经透露，他现在应该去布拉格了——捷克共和国的首都。不幸的是，最近几天她的身体情况在走下坡路，所以她决定缩短他们的行程："我没有精力去看威尼斯、萨尔茨堡或者维也纳了——甚至无法通过你的眼睛去看，安德烈，所以你现在必须直接去布拉格。"显然必须快速行动，因为她已经给他发了一张电子版的座位预订单，晚上10点坐火车离开佛罗伦萨，第二天早上8点到达一个叫维也纳新城的地方。他将在维也纳新城用半个小时的时间换乘火车，这样他就可以在下午1点到达布拉格。

他在高中时从其他人那里听说了很多关于布拉格的事情。去年夏天他们安排了一次去布拉格的旅行。那里的酒很便宜，有很多来自欧洲各地的年轻人在一起狂欢。源自布拉格的各种故事讲得越来越多，也越来越疯狂。当然，安德烈没有去过那里，现在轮到他去看这座城市了。他已经在餐厅付了账，正在啃最后一个馕。他的背包里装满了用于在火车上度过漫漫长夜的零食。他有睡觉的地方，但是没指望能睡多长时间，所以能有雀巢奇巧、苏打水和几瓶啤酒就不错了。他很期待这次卧铺车厢旅行，可以一边阅读《何以为人？》，一边感受火车的节奏贯穿全身。

安娜通过视频电话与他联系，他用自己那张充满了印度味道的嘴回应着。

"你准备好在火车上过夜了吗？"她问道。

"我认为这是最浪漫的事情之一。我有一次与一位女性朋友乘坐欧洲的通宵火车到处旅行。它给人一种非常特别的氛围，"她继续说，"然而那是许多年以前的事了。太遗憾了，莎莉不能陪你一起坐这趟车！"

"是的，本来可以很酷的。"安德烈回答。安德烈仍然很难过，他现在与莎莉分道扬镳了，至少在一段时间内是这样，他已经不知不觉地接受了这个事实。他也开始从更高的角度思考自己的情感。这将会导致什么呢？即使他们能一起花几天，也许花几周的时间在欧洲转转，她还是住在英国，而他还是住在丹麦。这种情感就像一个巨大的波浪，席卷了他，几乎在几天内将他打翻在地，他一直在波浪下的水中打滚，然而，现在波浪也许正在消退。

"布拉格是一座伟大的城市，"安娜说，打断了他的思路，"而且非常非常古老！东欧的国王和皇帝在这个城市的城堡里生活了1000多年。城堡最古老的部分可以追溯到公元9世纪。是不是很不可思议？当时，维京时代在丹麦才刚刚开始！"

像往常一样，安德烈可以从安娜的声音中听出热情，而且这种热情很有感染力。她的教育之旅带着自己环游欧洲，这确实是一次冒险。安德烈想知道下一个角落里有什么在等着他。但是，安娜的声音突然带上了更为深沉和阴郁的语调。

"你当然将看到布拉格的城堡、桥梁和美丽的市中心。它是我们大陆上的一颗珍珠。但是你也将看到一些不同的和更多的事物……是的，让人不愉快的事物，人们可能会说，它就在这座城市附近。"

"那是什么呢？"安德烈不解地问。到目前为止，这次旅行只提供了宏大的、美丽的风景。

"是的，好吧，作为你的教育之旅的一部分，我也认为你应该了解人性最邪恶的一面。我们在拉斯科洞窟里看到了人类童年的痕迹，在罗马和佛罗伦萨看到了理性人和情感人的美丽见证。我知道你已经了解到，这些特征显示，人是社会人和文化人。智人是一个我们可以为之骄傲的物种，对吗？现在是时候直接审视社会人了，但是这次也要展示其反面：反社会人、邪恶的人、凶残的人，我们不能为之骄傲的人。"

安德烈皱起了眉头。这是新的。他记得自己之前阅读文稿时见过一句话："只有人可以成为没有人性的人。"现在将了解没有人性的人吗？

显然将是如此。安娜说，她已经为他预订了一个去特莱西恩施塔特的地方旅行，捷克语叫泰雷津。这是布拉格北部的一个堡垒，纳粹在"二战"期间曾将其作为集中营。这不是最糟糕的地方之一，安娜用她诚挚的声音说。这里不是奥斯维辛，在不到 5 年的时间里，有超过 100 万人在奥斯维辛被杀害。但是，正如她所说的，你在特莱西恩施塔特完全可以感知到人可能做出最邪恶之事的潜力。

※

坐通宵火车时，他躺在舒适的小睡房里，将外套和毛衣放在枕头下，这样他就能抬起头来看文稿了。小睡房里有一盏小小的伸缩灯，它的两侧发出白黄色的锥形光，一切都让人感觉安全而美好。他想道，自己就像在一种书本似的子宫里一样，他在那里可以吸收知识，变得有智慧。火车在隆隆声中穿过意大利的夜晚，而他在阅读。

亲爱的读者，我们现在已经回顾了回答这个关键问题的一些最重要的因素：人是什么？首先，人被描述为这个地球上其他物种中的一个生物物种，尽管人有一些非常特殊的特征。即人和所有生物一样，是达尔文和其他人所描述的自然进程的结果，但是人同时又有独特的能力与这些进程互相联系，并且发展这些进程，这些进程合在一起可以称为文化。因此，文化就是人的天性，它既加工人自身，也加工自然的其他部分。文化是这样一个术语,它指的是描述人类与自己、自己的存在和其他人之联系的所有方式,尤其是借助技术、科学和艺术进行的创造(例如,拉斯科洞窟壁画)。

当然,一个核心问题是,从这种关于人的观点中可以推导出什么。例如,它是否能为某种教育思想的观点提供基础,包括人的人生责任的观点?过去,这个问题的答案是否定的。人们无法从对自然事实(世界是什么样的?)的事实性知识中推导出任何规范性的戒律(我们应该如何生活?)。但是,如果世界现在本身是规范性的——也就是说,如果世界可以告诉我们一些关于我们应该如何生活的事情呢?所以,这就不是一个从"是"到"应该"的推论问题(这在逻辑上是无效的),而是关于对规范性的审视——对主张的审视。在20世纪进行过这项研究的思想家之一是汉斯·乔纳斯。他于1903年出生于德国,1990年去世,他经历了一个世纪巨大的技术进步和畸形的人文主义灾难,尤其是大屠杀,即纳粹试图灭绝犹太人的行为。乔纳斯本人是犹太人,他的母亲在奥斯维辛被纳粹杀害。

乔纳斯发明了一种自然哲学,为达尔文描述的自然事实提供了一种存在主义的解释。简而言之，乔纳斯认为，所有的生物体本身就是目的，无论我们谈论的是植物、动物还是人。这就是自然——它包含的价值不仅仅是人的主观发明。新陈代谢是一个生物为维持生命而奋斗的最基本表现。自然是没有目的或者价值的现代观念，是伽利略和牛顿的机械科学产生的偏见。生命本身就是基本的价值，乔纳斯并不害怕将不同形式的生命分出等级，植物在最底层，只受基本需求（光和营养）的影响，而非欲望的影响；动物在中间层（有意识、经验和情感）；人在最顶层，因为只有人有能力成为反思者，从而承担责任。我们无法要求植物或者动物对其行为负责，因为它们缺乏自我反思的能力。它们不能像克尔凯郭尔所说的那样，与自己发生联系。

乔纳斯认为，自然本身就有价值，因为它是鲜活的，然而，只有人性与价值问题处于反思关系中，因此只有人有责任和义务。乔纳斯认为，在技术快速发展和自然遭到破坏的时代，人最重要的责任是保护地球上生命存在的可能性——保护人的生命以及保护人以外的生命。1993年，在他去世6天前举行的最后一次演讲中，他最后呼吁我们倾听"无声之物的呼喊"（无法为自己说话的植物和动物），我们应该在全球范围内联合起来，与威胁我们所有人的破坏做斗争。在过去的 25 年里，这一呼吁几乎变得振聋发聩，因为如前所述，我们显然正生活在人类世时代。在这个时代，人成为一种带有破坏性的自然力。如果我们认同乔纳斯，我们就能理解人作为一个生物进化物种的想法所产生的基本责任：智人是包罗万象的自然的一部分，从独特的意义上说，智人有责任保护拥有多种表现形式的生命形式，因为只有人才有责任。

在阅读过程中，安德烈被带回了法国的多尔多涅，他在那里看过许多洞窟，并且在那里开始阅读关于人的资料。能提醒自己学到了什么东西，真是太好了。在这本未完成的文稿中，那位未知的作者似乎在做某种总结，安德烈的目光掠过后面的许多页面。阅读与理解哲学和科学的思想变得越来越容易了。

除了将人描述为生物物种之外，我们还看到了人身上本质的东西，人既是理性存在，又是情感存在。关于第一点，从古希腊人到文艺复兴时期的人文主义者，再到启蒙运动的思想家，哲学史上有一条重要的路线，他们强调人可以与自己发生联系，人可以承担责任，人凭借自己的理性天性而拥有一种基本的尊严。关于第二点——人是情感存在，这与理性视角相反。理性和情感不一定是对立的，尤其是人的罪恶感和羞耻感，当它们能够告知当事人一些特定的事实时，可能是属于理性的——例如，当事人有罪恶感或者做了一些可耻的事情。我们通过发展自己的理性，成为一种人；通过与他人的联系发展我们的情感人生，成为另一种人。通过这种方式，我们逐渐能够理解人生中许多情况的意义和要求。我们看到拉斐尔在《雅典学派》中描绘了理性，而马萨乔通过亚当和夏娃被逐出伊甸园时的羞耻描绘了一种情感。

因此，我们有一幅人作为自然存在的图景，他们凭借理性和情感，可以变得有能力履行我们的责任和为我们存在的义务，仅仅因为我们是人。关键是，我们应该做一些事情，不是因为我们碰巧是彼得或者克尔斯滕，而是因为我们是人。作为自然人和文化人，我们应该尽力填补我们人生中的一种形态，它是人生的伦理要求特别赋予的。

但是我们也可能用我们的智力来操纵他人，或者用复杂的折磨工具来折磨他们。我们可能利用人类群体和由理性、感性促成的社会分工，不是用来做好事，而是用来发动战争和导致种族灭绝。我们可能将我们作为社会存在的天性——社会人，转向其他群体和团体的人，并且系统地寻求迫害他们或者灭绝他们。作为社会存在，人身上竟然有反社会的种子！我们既可以是善的，又可以是恶的；既可以是建设性的，又可以是破坏性的；既可以是有人性的，又可以是没有人性的。现在已经到了审视我们不可思议的、实施没有人性的行为的潜力的时候了。

虽然听起来很矛盾，但是正如我所说，只有人可以成为没有人性的人。成为人也意味着意识到成为没有人性的人的长期风险。即我们可能成为没有人性的人，这是人性的自相矛盾的一部分。至少像乔纳斯这样的犹太哲学家，当他不得不逃离纳粹对犹太人的迫害时，就知道了人可能会没有人性的这一部分。

如前所述，我们是社会动物和政治动物，这是由亚里士多德等人提出的一个古老的想法。他认为，只有当有一个社会组织，最好是一个城市社区，能够以正确的方式使人成为人时，我们才能成为真正意义上的人。在启蒙运动之后，也就是从 19 世纪开始，德国哲学家黑格尔可能对成为社会存在——社会人意味着什么进行了最透彻的分析。在黑格尔看来，成为社会人意味着能够从外部、通过他人的眼睛来看待自己，从而与自己发生联系。黑格尔以及后来无数的思想家认为，每个人都希望得到其他人的承认。我们将自己与他人进行比较，并且希望确信自己足够好。这可能是人生基本状况的一部分，是一种深刻的生存需要。

黑格尔在一个著名的关于主人和他的奴隶的分析中，解释了承认的动力：两者都是出于被看到和被承认的愿望，如果主人获得了权力和地位，那么奴隶就可以承认他，但是对主人来说这还不够，因为奴隶与他并不平等。因此，在一场几乎无限的承认之战中，主人将争夺更多的权力和地位，以取悦其他平等的人。另外，奴隶不能像主人那样通过争夺权力来获得承认，但是黑格尔认为，奴隶可以通过强调工作的内在价值来达到比主人更高的意识。

黑格尔几乎不会说奴隶的人生比主人的人生更好或者更幸福，但是他想强调即使在主人和奴隶之间非常不对称的关系中，也提供了基本的社会关系和承认关系，用一个好听的词说就是"承认辩证法"。即使在主人对奴隶的压迫中，主人也会假设（并被迫承认）奴隶有一些像他自己一样的品性（理性、信任等），否则，命令奴隶完成一些特定的任务就没有任何意义了。主人能够理解自己是主人，只是因为奴隶承认他是主人，他能够理解奴隶是奴隶，只是因为他承认奴隶在许多方面是一个像自己一样的人。当主人意识到他和奴隶在本质上一样时，两者之间关系的改变（最终废除奴隶制）的可能性也在这里。

承认他人的人性，蕴含着承认人类平等的种子，也就是说，我们应该将所有的人看作平等的，仅仅因为他们是人。黑格尔和许多后来的哲学家和心理学家认为，正是对他人的承认使作为人的我们得以发展。这是人作为社会人——一种社会存在的条件。然而不幸的是，这也是错误的承认和无视他人人性的可能性之所在。在那里，人变成了没有人性的人，并且导致人类不平等。

※

在坐火车经历了夜间穿越意大利的漫长旅行，以及在奥地利和捷克一上午的旅行后，安德烈抵达了布拉格。从维也纳新城出发的列车特别舒适，有一节小小的餐车，安德烈在那里坐下来，提前吃了一顿午餐。桌子上摆着真正的桌布，一个留着小胡子的服务员端上了牛肉炖菜和丸子。过去，安德烈绝不会和一群陌生人坐在一个餐车里。如果可能的话，他总是喜欢一个人吃饭，这样他将不用和陌生人说话，甚至不用和他们进行眼神交流。但是现在他很喜欢坐在那里——或者说，他很喜欢现在全然坐在那里，在别人的陪伴下，他觉得自己像个正在旅行的绅士。他不再那么害怕他们对自己有什么看法。他感觉自己比以前更自由了。也许他是不走运的，然而，他仍然是自由的。

他被安排住在一个名字叫查理大桥宫殿的酒店里，这个酒店就在查理大桥上，让人印象深刻。这里称为酒店绝对毫无问题，然而，称它为宫殿也许就有点过头了。这里有人字纹的旧木地板——我想可以这么称呼这种纹路，到处都是带有金色织物的厚重窗帘。这与丹麦的设计大异其趣，但是安德烈喜欢它，尤其是那张柔软的床，他深深地陷了进去。他从手机中可以看出，莎莉曾经试图给他打电话。他的心脏开始加速跳动。他给她回了电话,但是她没有接,所以他给她发了一条短信,只说他将要在布拉格参观一个集中营。他先是在这条关于集中营的信息中加了一颗爱心表情,然而,他感觉在这样的信息中加爱心是完全错误的,所以他将它删了。

他打开了电视,但是没有任何东西引起他的注意。电视上播放着同步美国的电视连续剧,报道许多欧洲国家森林火灾的新闻广播,当然还有为汽车、银行和保险公司做的没完没了的广告。那是电视上的现代世界。他很无聊,感到很孤独,然而幸运的是,安娜打来了电话。她开门见山:

"我已经为你预订了明天的一日游。去特莱西恩施塔特。很奇怪,这个地方是一个旅游目的地,但是事实就是如此。我想你不妨在那里结束这次参观。然后,你可以在接下来的几天里去看这个城市所有美丽的景点。你喜欢这家酒店吗?"

"当然,"安德烈回答道,"那么,之后的旅行还剩下多少呢?"

"会比我希望的短。"安娜回答。

"好的,你当然可以决定在这之后你想旅行多远,但是,你知道吗?我在这里很想你!"

"我也很想你。"

"我希望你能同意继续向北走,并且同样平静地接近丹麦。我也要坦率地说,我的时间已经不多了。"安娜的眼睛里含着泪水。她是不是无声地哭了一下?

"你这句话是什么意思?"安德烈问道。

"医生说我不太可能活过这个月。她一开始不想让我带病出去,但是我坚持要出去!你知道当我坚持之时,我可以变成什么样子。"安娜试图笑,然而,它只是变成了某种安静的啜泣。

安德烈现在能感觉到自己脸颊上的泪水,他一直看着屏幕上的安娜。他们对视着坐了很久。虽然身在不同的国家,但是他们可以通过这样的技术联系在一起。安娜清了清嗓子,用手背擦掉眼泪。"别说关于我的废话了,"她说,"这没有什么好哭的。我曾经有过如此美好的人生。"她转移了话题。

"你的教育之旅也应该去特莱西恩施塔特,这里有几个原因,"安娜说,"几年前,我读了许多关于集中营的书,以及我们从幸存者那里得到的一些证词,"她继续说,"这很可怕,你必须小心,不要让这次参观变成一次耸人听闻的涉猎,也不要沉湎于人类的残酷和痛苦之中。但是另一方面,你必须保持对这些罪行的记忆,对我们来说,它是如此重要。有人也许会说,我们现在活着的人就是应该记住受害者。"

"我已经看过几部关于战争和集中营的纪录片。"安德烈说。

"是的,这也很好,"安娜回答说,"但是你亲自去那里是另一回事。而且我想请你阅读文稿中关于社会人与反社会人的内容,特别要注意弗兰克尔的部分!但是首先,你应该看看这个!"

安娜将镜头对准了躺在她腿上的一本书。里面全是铅笔画,在灰蒙蒙的天气里人们排成一排。有棚子和许多烟囱。有骨瘦如柴的人。然而,有一幅画是明亮的。

"看这本书!"安娜说,"这是一本战争期间贫民区和集中营里的人的艺术书籍。"

那是一幅画,画的是一个留着希特勒小胡子的小丑,他站在路灯下,脚下放着一把吉他。小丑的手指在流血,也许是因为他弹吉他太用力了，吉他几乎处于血泊中。

"我非常喜欢这幅画。它叫作《歌曲结束了》。"安娜告诉他，安德烈可以看到她用皱巴巴的手指指着扮演希特勒的小丑。她的手似乎比他在圣路加临终关怀医院告别时要枯槁得多。

"这也很好。"安德烈说，但是马上就为自己选择的言语感到后悔了，"你还好吗？我想你不能把它称为与悲剧和大规模谋杀有关的东西。"

"是的，我想是的。"安娜还是回答说，"你可以看到，它描绘的是希特勒，但是用一个小丑来表现。也许这个小丑因为想诱惑别人，所以他如此多地弹奏乐器，连手都流血了。他成功了，但是这个小丑一直不高兴。充斥着血腥。手上沾满鲜血。他自己受伤了，吉他也被毁了。"

"是谁画的？"

"他名叫帕维尔·范特尔。当他被困在特莱西恩施塔特的犹太人区时，他偷偷地画了这幅画。从某种程度上说，这是一幅有趣的画，至少可以说是悲剧性的，它如此美丽地表达了如何用幽默和铅笔传递力量——即使在一个人可能发现自己处于最无望的情况下。"

"帕维尔……范特尔,这是他的名字吗?"

"是的。帕维尔·范特尔。很高兴这个名字能让今天的人们记住,即使它只是百万分之一。许多人的名字没有人记得。作为一个犹太人,他被囚禁在特莱西恩施塔特,那里最初是作为一个犹太区被隔离起来的,但是它实际上成为一个集中营。范特尔与他的妻子和儿子一起被送往奥斯维辛,他于1945年在那里去世。他的妻子和儿子在奥斯维辛当场被杀——他们被送到'左边',正如人们所说的那样,直接进入毒气室,而范特尔则被送到'右边',就在集中营和囚犯被解放的前几天,他在游行中被枪杀。你知道奥斯维辛集中营,对吗?在那个惨绝人寰的集中营,有超过一百万人丧生。其中许多人是犹太人,但是也有残疾人、黑人、罗姆人和共产主义者。范特尔的画是由一名捷克工人偷运出特莱西恩施塔特的。这是集中营中为数不多的描绘罪犯的画作之一:小丑希特勒。大多数画作呈现的是囚犯和建筑物。"

很明显,安娜现在说话已经很吃力了,所以他们说了再见,并约定在第二天晚上再谈,那时安德烈已经踏上了去特莱西恩施塔特的短途旅行。他关掉平板电脑,坐在那里看着它，直到它的屏幕黑下来。他可以看到自己的倒影。他闭上眼睛。又张开眼睛。闭上眼睛后，他同时看到了莎莉的脸和那个罗姆女人的脸。安德烈想知道，如果这位年轻女子活在那个年代，她是否会被纳粹送上死路？相信她在劫难逃……而他自己呢？如果他活在那个年代，他是否有勇气与纳粹主义做斗争？他甚至没有将钱给那个罗姆女人。他太……自恋了是吗？能这样说吗？

※

没有什么能让年轻人，或者任何有良心的人，对发生在特莱西恩施塔特和奥斯维辛等集中营的暴行有心理准备。安德烈读过这一切，也和安娜谈过，但是当他走过写有"工作使人自由"的大门时，他不寒而栗，感觉想哭。纳粹在奥斯维辛、达豪、萨克森豪森和特莱西恩施塔特写下"工作使人自由"。在那些劳动营里，数百万人在那里被杀死、被饿死、被过劳死。安德烈不太确定应该如何解释这个标志——纳粹为什么要让囚犯相信他们可以通过工作获得自由呢？其实他们将会被消灭。太可怕了。那是一个邪恶的谎言。

安德烈乘坐巴士抵达营地，他在离酒店不远的地方上了车。他依次走过一个快餐店、一个硬摇滚咖啡馆和一家苹果公司的产品展厅，这个公司生产了他手里的电子产品。现在他将去一个集中营。这似乎很荒唐，一切都进行得如此轻松和顺利，他想，在战争期间作为一名囚犯到达这里的情况会有多么不同。在路上，讲丹麦语的导游说，大约有500名来自丹麦的犹太人在1943年被送往特莱西恩施塔特。当德国人开始在丹麦拘留和驱逐犹太公民时，他们中的许多人没能逃到瑞典。

导游还说，在第二次世界大战之前，特莱西恩施塔特曾经是堡垒和监狱，关押过加夫里洛·普林西比，他于1918年死在那里，年仅23岁。安德烈不知道这个名字，然而，显然是普林西比杀死了奥匈帝国王位继承人斐迪南大公，这引发了第一次世界大战，同时又为第二次世界大战和特莱西恩施塔特变成集中营奠定了基础。这段历史很吸引人，却令人毛骨悚然！小小的巧合和事件有时可能引发巨大的灾难。如果普林西比没有射杀那个王位继承人呢？如果希特勒在小时候就死了呢？纳粹主义、战争及其相伴而来的恐怖还会出现吗？历史是由许多个体决定的，还是由像希特勒这样的更深层历史力量的工具人决定的？当安德烈坐在前往集中营的巴士上时，他想到了这个问题。

将这样的集中营变成一个旅游景点有些怪异，然而，这仍然是一次让人紧张的经历。游客们走来走去地拍照，当几个青少年开始大笑和开玩笑时，一些成年人责备了他们。导游领着安德烈参观，他讲述了关于囚犯的生活和他们进一步被驱逐的故事。其中有许多人去了奥斯维辛。还有几个著名的囚犯，包括安娜已经提到的弗兰克尔，以及爱丽丝·萨默·赫兹。她曾是著名的捷克钢琴家，在集中营内举办了100多场音乐会，她于2014年110岁时才去世。导游告诉他们，许多幸存者现在已经变得非常年迈了。

巡演结束后，安德烈的双腿、躯干和头都很疲惫。人们仅仅因为一种宗教就可以将他人监禁、施以酷刑和杀戮，这似乎是不真实的。他回到巴士上，拿着文稿坐下来，阅读关于社会人的章节，其中有一个关于意义和邪恶的段落。

在精神病学中可以找到理解人的根源，这门学科处理

的是人的精神紊乱。通过研究离经叛道者，人们也许会找到一条通向共同利益的道路。历史上最著名的精神病学家之一是维克多·弗兰克尔，他于1905年生于维也纳，在经历了漫长而多事的一生后，于1997年在那里去世。弗兰克尔认识弗洛伊德，弗洛伊德曾鼓励他发表第一篇科学文章，而他一直全神贯注于哲学和精神病学中的各种问题。当作为犹太人的弗兰克尔被纳粹关押时，这些问题被悲剧性地激发出来。实际上，他在1939年就获得了去美国的签证，然而为了他的家人，他还是留在了奥地利。1942年，他与妻子、父母和兄弟一起被关押在特莱西恩施塔特，在接下来的几年里，家人们都死了，只有弗兰克尔自己活了下来，根据他自己的说法，是完成他长期从事的科学论文的愿望（当他从特莱西恩施塔特转移到奥斯维辛时，这篇论文被销毁了），给了他在悲剧中生存的力量。在奥斯维辛，他在各种纸片上重建了自己的手稿，当弗兰克尔于1945年4月被美国士兵从奥斯维辛释放时，他终于可以自由地研究、写作和出版书籍了——包括关于他在集中营里的经历。

这些书中最著名的是《心理学与存在》，它在全世界的销量超过一百万册。可以将这本书推荐给任何想看对集中营的第一人称报道的人,以及意识到我们不仅创造了艺术、哲学和交响乐,还创造了奥斯维辛、特莱西恩施塔特和萨克森豪森之后,想在人性中找到一丝信念的人。

在那本书的第一部分,弗兰克尔描述了他在集中营里的生活。要从这里挑出一些段落是很困难的,因为它们是令人厌恶的、可怕的,里面讲述了虐囚行为。这里只是无数例子中的一个,弗兰克尔以第三人称描述自己是一个新来的囚犯,他对同伴的痛苦逐渐变得冷漠:"然后一个12岁的男孩被抬了进来,在营地里他们没有为他准备鞋子,男孩不得不光着脚站了几个小时,然后他在外面工作了一整天;现在他的脚趾被冻掉了,医生用镊子将坏死的、发黑的脚趾扯了下来。"他写了新来者的反应,"在集中营待了几个星期后,一切都变得如此平淡无奇,一切再也无法打动他。"正如弗兰克尔所写的那样,囚犯的生活被简化为"赤身裸体的生活";一种原始的生物存在:"在等待淋浴时,我们体验到我们的赤裸:我们拥有的只是我们赤裸的身体(没有头发),我们体验到自己实际上除了赤裸的存在外,什么也没有。我们与过去生活的外在联系变成了什么呢?"

过去的人生已经不复存在了——所有有助于塑造人生的物品、历史和与他人的联系，都在集中营中被设法抹去了。文化人和社会人，成为一种赤裸裸的生物存在。黑格尔和其他哲学家认为，承认他人是人际生活的内在组成部分。这一点在集中营被践踏了——例如，弗兰克尔对下面这个事件的描述：他太累了无法工作，所以被一个警卫警告。让人痛苦的是尽管一切都在进行，形成的却是死气沉沉的过程——警卫既没有惩罚说教他，也没有殴打他，甚至觉得不值得对这个堕落的、衣衫褴褛的人说一个责备的词语，这个囚犯和人类没有什么相似之处，也就是说，他在他眼中什么也不是。他就像玩一个游戏，拿起一块石头向弗兰克尔扔来。这就是人如何引起动物的注意，如何提醒一个家畜的"工作责任"，对于一个与他几乎没有所属关系的动物，他"甚至没有"惩罚它。

黑格尔的承认哲学还包括，在惩罚对方罪行的时候，可以承认对方。因为在惩罚中，对方被承认是一个对自己的行为负责的理性人，因此惩罚者可以合理地对这些行为负责。在弗兰克尔的描述中，你可以看到错误的承认，警卫甚至没有惩罚弗兰克尔，只是扔了一块石头，就像一个人鞭打马匹让它服从时一样。

对大多数人来说，一个巨大的谜就是，身为丈夫、父亲和儿子的普通德国男人，怎么可能变成在集中营犯下各种虐待罪行的人呢？部分答案可能在于刚才引用的弗兰克尔的话。他们这样做是通过想象：他们虐待和杀害的人根本就不是人。那是一种你可以扔石头的家畜，甚至连骂都懒得骂的家畜。犹太人和其他囚犯的人性在集中营被消解了，包括系统地剥夺他们个体的人性特征：囚犯被赋予数字而非名字，他们穿着相同的衣服，头发被剃光了，所以他们彼此难以区分，他们被像牛或者猪一样用牛车运往集中营。这种行动可能是策划系统性邪恶的"必要手段"。因此，它与基于承认人类生活的普遍特征的社会性完全相反，大屠杀可以被认为是人类历史上最大的罪行。

那么，是什么让弗兰克尔这样的人在这个地狱中生存下来？简短的答案是：意义。弗兰克尔本人后来也将意义作为人的心理理论的基石。他引用了尼采的话："知道自己为什么必须活着的人，几乎可以容忍任何方式。"这意味着，如果你了解自己所做的事情的意义——为什么会发生或者需要做某件事，那么你就可能找到一种方法来达到目的。即使你找不到那条出路,意义也不会消失,因为它就存在于"为什么"的答案中。像弗兰克尔一样,那些没有完全失去生活勇气的人在集中营里有一个未来的目标——他们有一个"为什么?",不一定问一个"为什么?",就有谁可以明确地回答苦难的问题(为什么我必须受此折磨呢?),然而,至少要有一个目的朝向苦难之后的时间,让人有可能忍受下去。就弗兰克尔本人而言,他的愿望是出版自己的手稿。

与"二战"前后以萨特和加缪等法国哲学家为代表的存在主义不同,弗兰克尔认为,人生的意义是发现的结果,而非选择的结果。存在主义者认为,人生本身是荒谬的——我们的出生与死亡都没有任何内在的意义,因此我们必须通过自由选择为自己选择一些意义。但是,如果某样东西仅仅因为我们选择它才有意义,那么它就不能约束意志,因此,它最终无论如何都没有真正的意义。因为我们可以在下一个瞬间选择不同的意见。选择的结果将是虚无主义,即认为世界没有任何意义。一切都变得随机了,因此没有任何意义。

弗兰克尔是如何反驳存在主义和虚无主义的呢?他

是如何试图让读者相信,意义是被发现的,而非被选择的呢?那就是通过具体化。通过让人看到自己具体的生活方式。他写道:"归根结底,人生的意义不外乎是:对人生问题的正确答案负责,完成人生赋予我们每个人的任务,满足当下的要求。"因此,人生的意义就是人生本身,包括讨论这个问题,然而,也要意识到人生的各种情况带来的要求。

这让人想起丹麦神学家和哲学家 K.E. 洛格斯特鲁普对伦理义务的描述,即利用自己的权力为他人谋福利,但是不能以一种按部就班的方式。正是在具体的情况下,什么是正确的以及什么是有意义的行为才变得明显。请注意,如果一个人是开放的,并且意识到这一点,弗兰克尔会用爱这个词来描述他对一个事物的关注,或者他对需要的另一个东西的关注。爱是对世界和他人的一种关注。

所以人生没有唯一的意义,就像国际象棋中没有一步棋永远是最好的。这取决于人和情境:"人们不应该在人生中寻找抽象的人生意义。每个人都有他特殊的天职,他的人生使命;每个人都必须执行一个需要完成的具体的任务。在那里你无法被取代,在那里你的人生无法被复制。"因此，弗兰克尔继续说，人生的真正目标不是实现自我（优化自己或者成为最好的自己，正如我们今天所说的）："实现自我根本不是一个可能的目标，原因很简单，一个人越是努力争取，他就离这个目标越远。因为只有当一个人致力于认识自己人生的意义时，他才会实现自己。"简而言之，弗兰克尔的观点与本书的观点相同：人在人生中的任务不是实现自己，而是成为人。这包括反思人面临的大大小小的需求，尤其是反思自己与他人的联系。即使在集中营的黑暗恐怖中，这些说法也能照亮黑暗，创造意义。

弗兰克尔在战后的工作主要包括发明了一种方法，他称为逻各斯疗法（取自希腊语中的"logos"，意为意义），它将帮助人们在生存中寻找意义。心理疗法通常致力于研究心理，以减少有问题的症状或者开发一个人的心理潜能，然而，逻各斯疗法向外指向人们生活的世界，因为那是意义存在的地方。

那么，为了成为人，人必须意识到意义。而且，大屠杀应该永远提醒我们，当所有的人性被践踏时，当其他人被视为没有人性的人并且被当作物品时，会发生什么。弗兰克尔在书的结尾写道："人这种存在不是其他事物中的一个；事物之间可以互相决定，但是人在本质上是由自我决定的。"而那本书的最后一句话是："我们这一代人是现实的，因为我们已经认识到人的真实面目。毕竟，发明了奥斯维辛毒气室的人是人；然而，直立着进入这些毒气室的人也是人。"

※

那天早晨，在经历了一个短暂而不安的夜晚后，太阳唤醒了安德烈。房间里已经变得很热了。他忘了开空调，所以他不得不起来将小转盘调到 20 度。

凉爽的空气立即开始流入房间。他站了一会儿，向两边伸出双臂，让人工的微风吹进他潮湿的腋窝。他很累，所以他又躺下来，抬头看着房间里华丽的天花板。当他抬头向上看时，这个图案就像一座未来的城市，它有长长的、笔直的道路与方形的街区。

他现在想回家了。他想念母亲和祖母。他想找人谈谈，自从参观特莱西恩施塔特后，那种邪恶在他内心挥之不去。但是安娜和她的母亲都没有接他的电话。他应该联系莎莉吗？不，不应该在他心情不好的时候。他要以微笑对她。别去嗅探人类的残酷行为。人怎么会如此邪恶呢？他整晚都在辗转反侧地思考这个问题，所以他睡得很不好。也许他实际上太敏感了，才不愿意读哲学之类的东西。小时候，仅仅因为想到大脑和体内的柔软脆弱的器官，他就会夜不能寐。现在，集中营里受到虐待、饥饿的囚犯的画面让他辗转难眠。他觉得要推开这样的画面，但还是忍不住继续读《何以为人？》。也许在那里，在哲学或者科学那里，可以找到人为什么邪恶的答案。

过去，要在心理学和社会学等现代科学中为邪恶找到位置是极为困难的。这个概念更多是在宗教背景下处理的，如果你去看心理学，比如说，你更有可能找到心理变态的概念或者反社会人格障碍的临床概念，而非邪恶的概念。这些理论与反社会者的大脑功能如何失调或者缺乏同情心有关，所以也许会被诊断为疾病，然而，它们到底是不是邪恶呢？

在虚构世界中，电影《沉默的羔羊》中的汉尼拔·莱克特（更广为人知的名字是"食人者汉尼拔"）一针见血地指出，当联邦调查局特工克拉丽斯·斯塔林从自己心理学的科学制高点思考博士究竟有什么遭遇时，他对她说了以下一番话："我已然如此。他们无法让我受各种各样的影响。斯塔林警官，对行为心理学有利的善恶概念已经被我抛弃了。每个人都被戴上了道德的眼罩——任何人都没有错。看着我，斯塔林警官。你能亲口说，我是邪恶的吗？"

斯塔林做不到，在这里她代表大多数心理学和其他行为科学的人说话。她只限于说莱克特的行为是"破坏性的"，对此他回答说，如果破坏性是邪恶的，那么风暴、火灾和冰雹也是邪恶的。心理学（在这里由FBI探员代表），通常通过解释人类行为的因果关系来消除其邪恶。这样的后果是有问题的，我们不用对自己的行为负责，就像风暴或者冰雹不用对它们的行为负责一样。我们通常不会将这种行为称为邪恶的，除非它们是自由和自愿地施行的。

一个问题是，当你想到真实的人类残酷行为时，科学家对付"邪恶"的超然的、因果的方法几乎很快就会让人感到反感。例如，在一本关于20世纪人类道德史的书中，哲学家乔纳森·格洛弗寻求对纳粹主义罪行的解释，他描绘了一个叫克里斯蒂安·沃思的人，此人在第二次世界大战期间是波兰卢布林一个劳改营的纳粹指挥官。犹太人在那里是做苦力的奴隶，他们的孩子通常会被杀死，但有一次沃思为了取乐，就找出一个10岁的男孩，给他糖果，将他打扮成一个小党卫军军官，然后将他放在一匹小马上，骑到囚犯中间，男孩被强迫坐在马上用机关枪射击和杀死囚犯。沃思甚至强迫这个男孩向自己的母亲开枪。

对沃思的行为采取一种常见的、因果关系的方法，似乎完全忽略了那些引起我们谴责和厌恶的人的品质。如果我们将这种情况仅仅看作一种诊断或者大脑功能障碍的表现，那么邪恶就消失了。但是，我们难道没有伦理责任去直面邪恶吗？为什么要将邪恶简化为心理学或者神经学呢？

著名犹太哲学家汉娜·阿伦特做了这样的尝试，在纳粹分子阿道夫·艾希曼战后被抓并且在以色列被起诉后，她一直关注着他的案件。艾希曼是纳粹德国的一名高级官员，他主要负责组织针对犹太人的种族灭绝。在阿伦特对艾希曼的描述中，她试图说明他的邪恶行为不是由于精神错乱或者精神变态，而实际上是一类无视人性的表现，至少是一种对制度尽义务的盲目信仰。她将他的行为称作是不假思索的，他成为战争中最严重的大屠杀参与者之一，并且亲自下令杀害数十万人。

乍看之下，阿伦特将其行为称作不假思索的似乎是一种挑衅，人们可能会问，难道不需要一个特别邪恶的人格来实施如此可怕的就像艾希曼那样的行为吗？不，如果阿伦特的描述是正确的，那么在他相对平凡的人格和他的残暴行为之间存在差距。阿伦特说，艾希曼是一个可以称为平庸的人，人们从表面上看的话，他具有一种无害的人格。而这导致阿伦特将他的邪恶定性为平庸的。并不是说他的行为是微不足道的，而是他的动机是平庸的。艾希曼不是一个狂热的反犹太主义者，他也承认自己是"没有良心的猪狗"。因此，在以色列的审判中，最令他不安的不是他要对执行谋杀数百万人负责的指控，而是对他的所犯错误的指控：即他曾亲手将一名犹太男孩打死。

简而言之，阿伦特认为，艾希曼是一个想履行责任、按照社会法则生活的人，他将自己描述为一个向康德著名的绝对命令致敬的人，他在法庭上能够相当准确地引用这个命令（这个命令说的是，众所周知，一个人必须以这样的方式行事，才能将行为表达的基本规则或者格言提升为普遍法律。因此，这个命令是说，道德上正确的行为是可以被普及的行为）。以艾希曼声称遵循康德哲学为由玷污康德哲学是不公平的。当然，人们不能责怪康德。根据康德哲学，纳粹主义当然是一种极不道德的意识形态，它认为人本身就是一种目的，天生具有尊严。然而，艾希曼毫无疑问地追随了康德的这个观点：法律就是法律，没有例外。

艾希曼本人也认为，他的行为与自己的脑电波是相悖的，他始终将法律和责任置于个人动机之上。他将履行自己的责任看得高于其他一切。阿伦特认为，他没有真正的动机，这也许是他的故事中最让人害怕的地方。他只有部分动机，就是为了在纳粹的等级制度中获得晋升。例如，他不会为了得到自己的职位而杀死自己的上司，而他也承认，他会送自己的父亲去死，只要上司命令他这样做。纳粹的极权主义制度和他们复杂的官僚机构显然可以让艾希曼这样的人觉得他们在履行自己的责任。

现在，那一点与人性有什么关系呢？好吧，一个老生常谈的观点是，我们是社会人，只有在一个承认每个人都是人的社会秩序中，我们才能成为人。而且如果这种社会秩序并不存在，那么历史会告诉我们，邪恶将由此滋生。成为人的最重要的事情之一，是让他人也成为人，而非将他人视为没有人性的人。意大利作家普里莫·莱维也曾被关在集中营里，他曾经问一个纳粹集中营的指挥官，既然这些受害者无论如何都将被杀死，为什么纳粹要花这么多时间和精力诋毁这些受害者呢？指挥官回答说，这并非无目的的残忍行为，而是必须将受害者贬低为没有人性的客体，这样管理毒气室的人才不会受到良心的煎熬。

阿伦特认为，艾希曼并没有受到良心的煎熬，因为他将自己与他谋杀的人拉开了如此远的距离，他并没有真正将他们看作人，而是将他们看作要处理的抽象数字。他是邪恶的，却不是一个无法控制的魔鬼。他的邪恶在于对某个具体的人的痛苦缺乏了解，缺乏对具体事物的关注（我们记得弗兰克尔将爱理解为关注的一种形式）。他自己承认，他对受害者没有任何不满，但是他做出了导致他们死亡的行为。他没有意识到自己的邪恶，正如古代的亚里士多德所认为的，这正是邪恶的特征：与意志薄弱的人不同，他们承认自己的行为是错误的，但是他们就是忍不住去做，邪恶的人往往不知道自己的邪恶。艾希曼并非意志薄弱。他不想做其他事情，因为他根本没有认识到自己行为的错误。他是一个不承认别人的人性的人。而这本身就是一种没有人性的行为。

现在房间变得很冷。安德烈已经开始冻僵了，他爬到羽绒被下。他不知道自己是否已经得到了关于人的邪恶问题的答案。但是邪恶可能是一种盲目性，这似乎是正确的。也许甚至是一种故意的盲目性，当邪恶太难被看见时，人们会选择不去看邪恶。就像当你从一个需要帮助的人身边走过时，而不想去帮助……他又想到了他在罗马遇到的那个带着婴儿的、年轻的乞讨妇女。当然，与艾希曼的行为相比，这是小巫见大巫。不过，让安德烈感到不安的是，他相对来说如此富有，可以自由地环游世界上大部分的地区，而其他人却不得不乞讨或者被关在栅栏后面。我们都是人，无论是富人还是穷人，无论是住在房子里还是流落街头！我们都是人。也许正是在争取正义的斗争中，安德烈才找到了弗兰克尔所写的意义吧？然而，他必须弄清楚什么是正义。

他觉得自己无法在柔软的床上思考出一个连贯的想法，当手机突然亮起时，令人困惑的哲学讨论意识流被打断了——是莎莉！安德烈接听了视频电话，他立即看出有些不对劲。莎莉的眼睛红红的，似乎她的上唇肿了，还流了一点血。

"莎莉！发生什么事了吗？"安德烈问道。

"是的，"她回答说："前天我和其他一些火车环游者在外面聚会。他们中的一个人，就是另一个英国人，喝得很醉，他……他想强暴我！"

"哦，不！"安德烈完全不知道该说什么。他从来没有像这样对有任何需要的人说话。他从未有这种经历，就是自己认识的人遭受攻击或者强暴，所以他不知道应该说什么。

"但是，该死的，我不会让这种事情发生！"莎莉补充道，"我对他拳打脚踢，然后他就在这里给了我一拳头。"莎莉指了指自己的嘴。

"所以你成功逃脱了？"

"好吧，至少我阻止了他的企图。愚蠢的浑蛋！我一直无法入睡。我刚刚到房间里。该死的，我很生气！"

当她大声说出这些话时，莎莉的声音有些颤抖，然后她开始哭了。

"那么，那么，"安德烈有点尴尬地说道，"你将他踢开了，这是件好事。我是否可以去南边找你？"

"不，没事的。我的父母都提出要亲自来，并且马上为我订机票，但是我才不会被吓倒呢。那样的白痴不应该决定我的暑假。也许我想和你一起去别的地方。我想离开这里。你现在在哪里？"

"在布拉格。"安德烈回答。

"哦，我知道那是个好地方。对不起，安德烈，我非常困，也很累，但是我就是睡不着。"

"我能为你做什么吗？"

"我最想要的是在其他地方继续我的旅行。我不想待在这里，但是我也不想回家。我们能在布拉格或者附近见面吗？你将在那里待多久？"

"可能不会太久，"安德烈回答，"我奶奶……是的，她快去世了，她让我赶紧回家。所以我必须尽快离开这里，但是我不知道去哪里。路线是由我奶奶决定的。"

"是的，这太酷了。"莎莉说。

"但是当我知道是哪里时,可能是今天晚些时候或者明天,我们可以谈谈,并且在我将去的地方见面——无论去哪里都是如此。"

"哦,我很愿意!能和你说话真好。"

"这听起来很不错。"安德烈为莎莉感到难过,但是他也感到一种奇怪的自豪感,因为她联系了他。她需要他!他真的不记得以前有谁需要他。他觉得自己已经长大了,而且是以一种良好的方式长大了。同时,他感到整个身体都有一种想要拳打脚踢的欲望。他想要复仇,各种各样的情绪在他的身体里翻腾。"你向警方报案了吗?"他问。

"我以后会报案的,等我们谈过了再说。谢谢你,安德烈。"

※

安德烈花了一天的时间处理各种实际事务。他原计划在布拉格看很多东西,然而,他发现现在很难将注意力放在城堡和博物馆上。不过,他确实为自己的下一段旅行买了一些东西,他还不知道自己将要去哪里。他还花了很长时间为莎莉买了一份礼物。他想让她知道他一直在想她，然而，他在为别人购买礼物方面其实没有任何经验。安德烈最后选择了一个有趣的小木偶，他认为那是布拉格风格的。至少他在咖啡馆里很快就看完了那本旅游指南，因为他将不会在这座城市待太久。他也在咖啡馆里与安娜通话。她一眼就看出安德烈在考虑重要的事情，所以她直奔主题，问是什么事情。安德烈讲述了莎莉的情况和她所经历的事情。

"如果你们俩能见面就好了，安德烈。听起来她需要一个好朋友。"安娜说。

"是的，但是她还在意大利。我接下来将要去哪里呢？"安德烈问道。

"柏林。至少计划是这样的。计划不就是为你定的吗？我们可以很容易地改变它。人优先于计划，所以如果你宁愿在别的地方遇见莎莉，我们就这样做。"

"不，我想她愿意往北方旅行来找我。柏林离这里很远，但是这听起来是个好计划。在柏林我将要看什么呢？"

"柏林是历史机器中的一个重要齿轮，安德烈。我希望你将有机会看到新事物和旧事物，尤其是涉及20世纪历史的事物。现在你已经看到了大屠杀的恐怖，你也需要看到一些战后的后果，即柏林墙的形成。然而，我写在榜首的目的地是完全不同的地方。既然你已经四处旅行并了解了生物人、理性人、情感人、社会人——邪恶的——人，你也将嗅探到未来人。有人称之为'Homo Deus'，即神人，因为我们正在获得越来越多的超越自然的力量，当然，也超越人的天性。也许这是人性的一部分，我们可以亲自改变它。你知道我们是反思的，对吗？就是说，我们与自己有关系。今天，我们不仅通过思想和观念，而且还通过神经科学、基因操作与医疗技术来做到这一点。我只能待在临终关怀医院里！哦，我想知道你能否去参观柏林的马克斯·普朗克人类后研究学院。"

"我很愿意！"安德烈回答。

"也欢迎你带莎莉来！我有一个前同事，至少，她和我一起工作过，她来自这个研究所。她的名字是米凯拉·施密特。她会带你四处看看，也可以带莎莉四处看看，如果她在的话。米凯拉协助我开发了创意游戏。她自己也是一个非常有创意的研究者！"

"这听起来很令人兴奋。"安德烈说。他的内心对发生的一切坦然接纳——莎莉遭到袭击,安娜奄奄一息,而现在他将要去柏林。然而,他感到比以往任何时候都更有能力应对不确定的时代。

"布拉格的其他地方怎么样呢?特莱西恩施塔特?"安娜问道,"这是……我不知道……你也许会说,暴力?"

"是的,它是暴力的。但是,即使它是暴力的,我们也有责任去体验它,并且保持这种体验的活力。这就是我的想法。像你这样的男孩甚至没有听说过这种事情。安德烈,有时候我会把你当成一个小佛。也许你知道佛祖的故事?"

"我并不真的了解。"

"我想他的生活就像今天我们这个地方的大多数人一样——传说他被保护在高墙后面的宫殿里,拥有巨大的财富。但是当他长大以后,可能比你现在的年龄更大,他来到宫殿外面,面对人类的苦难和死亡。他明白一切都是无常的,然后必须为这一切找到一种意义。那就是佛教的出发点,然而,实际上那可能是一种相当普遍的人类经验。"

"是的,我想我能理解,"安德烈说,然后他继续说,"我还看到一个年轻妇女带着一个孩子在旅途中乞讨。我认为她是罗姆人。我无法理解这件事,就是她的形象在旅行中一直伴随着我。"

"你有同理心,安德烈。这是我一直在说的。也许几乎说得太多了。像你这样敏感的男孩,比我们这些愤世嫉俗的老人更容易受到别人的影响。你应该为此感到高兴,即使它会使人生变得困难。如果有更多的人像你一样,我们可能已经避免了一些历史上的悲剧。"

"你是什么意思呢?"

"我们需要一个既能理解他人又有勇气做正确事情的人!尤其是在一个高度规范的技术社会。有一位社会学家齐格蒙特·鲍曼几年前去世了,他曾经试图分析大屠杀。他认为,大屠杀是现代社会的后果,现代社会强调服从和规则,并且拥有可以用来消灭不受欢迎的人的先进技术。这有点像阿伦特在关于艾希曼的书中写的那样,他很听话,很尽责。体制里的人就是这样。当制度不公平时,我们也需要有人站出来反对它!我自己从来没有真正做到这一点。尽管我退休是为了抗议他们引入冥想星的所有胡言乱语。"

"我没有,奶奶。我从那个女人身边走了过去,却什么都没有做。我从来没有真正做过任何重要的事情,也没有帮助过任何需要帮助的人。"

"现在你可以帮助莎莉!我很乐意将这个世界留给你,安德烈,也留给你这一代人。你可能过多地看你的屏幕,看社交媒体上的一切诉求。但是你们也可以成为优秀的、独立的人。我对此深信不疑!"

※

纳粹主义时期的一些人能够那样邪恶,这让安德烈很泄气,他在互联网上搜索并阅读了很多资料。关于所有被杀的却没有留下痕迹的人,他想了很多。像帕维尔·范特尔这样的人的遭遇是很可怕的,但是他至少画了自己的画供安德烈研究,而且范特尔在维基百科上也有自己的条目。但是那成千上万的没被人记住的人呢?小孩子呢?或者与安德烈同龄的被杀害、被烧毁、被遗忘的年轻人呢?这似乎不仅是悲惨的,而且完全没有意义,人们的生命就在他们面前被毁灭。

然后，安德烈接触到了生命册的概念，这在犹太思想中具有特殊的意义。他可以看到这个想法被当成一个令人安慰的比喻使用：所有人的历史都被写在生命册上，所以即使没有人记得他们，即使不再有他们生命的见证人，他们也会被记住。也许某个神明会记住他们。不过，安德烈从来没有真正与神发生过联系。他从来没有真正考虑过神的存在。他的母亲没有带他去教堂，也没有和他谈论过宗教。安娜也没有宗教信仰，她只是从自己的科学视角出发对宗教史相当感兴趣。

安德烈拿出了他的笔记本。现在他将要去柏林了解未来人，在他垂死的祖母指导下。这真的是人生的巨轮在转动。他试图收集自己的想法——他在布拉格了解到了什么？他已经了解了承认和社会人的问题，他与别人是有联系的，而且要依赖别人。但是，社会人也可能变成反社会人，变成彻头彻尾的恶棍。"我们都是如此，"他写道，"既是善良的，也是邪恶的。"他写了一份在布拉格这里对他耳语的思想家和作家的名单：汉斯·乔纳斯、维克多·弗兰克尔、汉娜·阿伦特。他们都是犹太人，都带有大屠杀的烙印。"我认为齐格蒙特·鲍曼的情况也是如此。现在他们本人已经死了,但是他们留下了自己的印记。我将永远不会忘记这一首悲歌。"安德烈写道。

5 未来人

3D 打印

人文主义

算法

数字云

你真的认为人们想生活在一个数字世界里吗?你认为人们会在没有身体的情况下永远活着吗——作为一套纯粹的算法活着吗?它究竟是人吗?

FM-2030 柏林

对安德烈来说,从布拉格到柏林的这趟旅行是短暂而舒适的。他现在已经在乘坐欧洲火车这方面有了许多经验,欧洲城际特快是其中比较高档的一种火车。这段旅行只需要四个多小时,然后他将抵达柏林的中央火车站。他刚刚与安娜通过话,但是只谈了很短的时间,因为她的情况真的很糟糕,也没有力气。她设法告诉他,她为他订了另一家酒店,因为第一家酒店没有额外的房间给莎莉。所以现在他将要去一个时髦的、"青春的"酒店,叫作25小时比基尼酒店。它就在动物园边上,安德烈从酒店网站上的图片中看到,酒店的许多房间带有大玻璃窗,可以直接看到动物园里的动物。他将与窗外的猴子们成为邻居,这样一来,他就回到了这趟旅行的自然史起点,还能和一些生物打招呼——猴子们,它们在基因上和他有很多共同之处。然后他将在莎莉到达时,和她一起住在这家酒店里,莎莉可能比他晚到一天。安娜在马克斯·普朗克人类后研究所很受欢迎，米凯拉·施密特留出了大量时间可以带他们四处看看，以及与他们谈论未来人。安娜曾经说过，如果莎莉能提出一些意见，那真是太好了。当她自己在遇到危机时，总是对自己说这句话——"骑上马，越过大草原"是她的座右铭之一。

"未来人"——安德烈认为，这个概念听起来真的很令人兴奋。他经常想，他出生在这个时候，出生在世界上这个富裕的地方，完全是巧合。他可能是孟买的一个街头儿童，也可能是古罗马船队的一个奴隶。或者出生在200年后一个完全不同的世界里，面对完全不同的可能性和问题！但是好吧，如此一来他当然就不会是他自己了。如果他是一个社会、一种文化和一些社会关系的产物，至少根据《何以为人？》，他是社会人吧？

他已经开始针对这部文稿进行了大量的思考——是谁写下了这些文字，为什么它从未出版过？在某种程度上，他也开始用它来思考，也就是用与作者相同的方式思考。当讨论未来人时，你几乎必须首先说明，人总是存在于未来。几天前，他在笔记本上写下了这句话。人总是在想象一个尚未存在的未来。否则为什么要制作像拉斯科洞窟壁画那样的东西？必须有这样的想法：后来的人，他们的孩子，甚至是孩子的后代，将能看到洞壁上的许多动物。当然，这些早期艺术家很难想象 2000 年后安德烈现在将欣赏他们的作品，然而，他们无疑对未来也有着超越明年的憧憬。也就是说，如果他们全年只参加一次展出的话。

安德烈认为，我们生活在一个对未来有憧憬的时代，甚至憧憬个体本身已经消失的未来，这对人来说一定是独一无二的。也许在未来，人类已经消失了吧？要么是因为我们这个物种已经灭绝，就像恐龙、尼安德特人和渡渡鸟一样，要么是因为智人已经进化成我们今天无法想象的其他事物。现今之人的祖先和母亲不可能想象到，人后来将会如何演变为能够创造太空旅行、交响乐和互联网的物种，同样，我们今天也无法想象我们——或者他们——在数千年后可能成为什么样。他一边咀嚼着一片雀巢奇巧，一边想着这一切。

安德烈开始在他的笔记本上写下更多的笔记。它们令人头晕目眩。各种想法在头脑中呼啸而过，像火车在驰骋一样。他试图抓住这些想法，并且将其转化为写在笔记本上的文字，然而它们是模糊不清的，就像火车外面掠过的房屋和树木。相反，他拿着《何以为人？》的文稿，开始阅读关于未来人的那一章。

亲爱的读者，在这本书的前面，你已经读到了哥白尼、达尔文和弗洛伊德，他们以自己的方式将人从他的宝座上推下来，否则他就坐在那里高高在上，高于宇宙中的一切。人逐渐从宇宙的中心变成了其他人中的另一个人，在这个危险和动荡的世界上，团结和相互帮助也许比坚持自己的崇高更为重要。当高烧肆虐或者老虎袭击时，崇高不会让一个人走得更远。

值得注意的是，随着人们认识到人不是宇宙的例外，而是像其他事物一样，是物理、化学和生物进程的结果，人文主义已经在世界许多地方发展起来。因此，将人的存在形式作为自然进化之存在的各种智力方面的认识，无法阻止为人的尊严进行的斗争。也就是人应该具有个体自由。

在过去的几个世纪里，公民权利已经从少数富人扩大到包括女人、没有财产的人以及所有种族、民族和宗教的人。至少官方是这样说的。奴隶制在世界各地继续存在，尤其是贩卖和剥削妇女,然而,任何地方的法律都没有正式允许这种制度存在。从这个意义上说,在世界上已经可以看到越来越多的人文化,尤其是在第二次世界大战后的时期,与此同时,关于人文、人性的理念尤其存在问题。还有所谓的公民权利和市场经济,等等,社会也许已经找到了它们的最终形态。至少弗朗西斯·福山在他的名著《历史的终结与最后的人》中是这样认为的。

然而,问题是,这些年是否会有新的、决定性的事情发生。也许历史又要重演?人文主义人性形象正面临着压力。越来越多的人在谈论人文主义的终结。出于许多不同的原因,一些哲学家、知识分子和政治家现在称自己是反人文主义者。一些人是反人文主义者——无论是出于政治还是哲学原因,而另一些人声称自己是超人文主义者或者后人文主义者。请允许我依次简要提及这些概念,因为它们中的每一个都可以显示人文主义是什么——恰恰是通过展示其矛盾之处。

首先,人们可以成为政治反人文主义者。人们应该从人文主义的定义出发,它认为作为人的我们有责任帮助我们的同伴,因此应该开放边界,接纳尽可能多的世界难民。

在新的千禧年之初，中东地区的战争引起了一场非常大的讨论。因此，反人文主义的观点是，人文主义思想会给一个国家带来太大的压力，因此，应该阻止移民和难民，比如说，阻止他们进入丹麦。很明显，人文主义这个词受到越来越多的批评，它有时被称为胡说八道的，意思是幼稚的或者疯狂的东西，会遭到彻底的嘲笑。无论人们如何看待一个国家对逃离其他国家的人的责任，将人文主义的讨论简化为难民辩论的一部分是有问题的。所以我们正在奔向更有哲学基础的反人文主义。

哲学上的反人文主义有几种形式。一方面，有一种基于宗教的反人文主义，它说人文主义错误地将人提升为一种神，这导致了危险的崇拜，例如，将人权作为神圣的东西。在丹麦，尤其是索伦·克拉鲁普坚持这一观点。人文主义在这里被定义为一种启蒙思想，即强调世俗、忘记神。另一方面，还有一种哲学上的反人文主义，这种反人文主义批判人是自主的、有权利的存在的观点。在这里，人文主义与自由民主所强调的在市场中运作的自由人联系在一起，左派批评认为这是一种强烈的个人主义的人生态度，在历史上与西方帝国主义及其对他人尤其是对原住民的剥削有关。

有趣的是，出于宗教动机的反人文主义者想要保护国家、部落免受外来者的影响，这些外来者与本国公民没有任何共同之处，除了他们都是人这一点，但是"人"——被这部分反人文主义者拒绝了，他们认为那是一种无效的、哲学方面的抽象概念。另外，出于哲学动机的反人文主义者会说，国家和市场等大型社会制度本身就是战争和排斥人民的原因，例如，在历史上，西方力量以普遍主义的名义压迫没有公民权的人和许多原住民。从这个视角来看，人文主义的问题在于，它是关于什么是成为人的正确方式，因此很容易将其他（非西方的）方式描述为错误的。因此，两派反人文主义者都反对所谓普遍人性的观点。

哲学上的反人文主义在19世纪成为一股力量，思想家如尼采认为人权概念不过是弱者驯服强者的一种尝试（他称之为奴隶道德），卡尔·马克思至少在其写作后期认为人权是纯粹的理想主义，而哲学家马丁·海德格尔批评人文主义在假设一种普遍的人类本质。后来的反人文主义哲学家包括一些法国人，如路易·阿尔都塞、雅克·德里达，还有米歇尔·福柯，他在1966年的名著《词与物》的结尾预言了人的消失——人将被抹去,"就像海边的一张用沙子制作的脸"。福柯的观点不是智人这个物种正在消失,而是我们关于人作为特殊事物的人文主义观念是16世纪之后的一个相对较新的概念,现在已经发挥了作用。那么,在人的概念之后什么会到来呢?

这正是更实际的后人类主义运动的基本问题。他们不太关心(像反人文主义一样)反对作为一种意识形态或者思想体系的人文主义,而是更关心超越人类条件,或者精确地发展一种对后人类历史情境的理解。超人文主义的代表们写了一份宣言,其中第一段写道:

> 人在未来将被技术彻底改变。我们预见到超人文主义重新设计人的基本状况的可能性,包括诸如老化的必然性、人和人工智能的局限性、先天心理、痛苦和我们在地球上的局限性等参数。

这些都是宏大的词,让人感觉到一种对进步的信心——一种乐观的未来主义,基于利用科学和技术造福人的启蒙理想与反人文主义对启蒙理想的批判形成了对比。

根据超人文主义，人的特点首先是有能力超越自己的起点。自从洞窟壁画时代以来，我们的祖先开始使用工具生产武器和发展农业技术，我们不断地改变自己的生活条件，而现在，超人文主义者认为，我们正在改变人类自身最基本的状况。人是一种会使用工具的存在，简而言之，我们将工具用于改变自己。我们将工具用于改变我们的身体、大脑和思想。因此，我们创造了基因操纵、刺激和干预大脑过程的可能性，很快我们就会在外部环境中创造出神经网络和人工智能，必须假设它们能够与人类融合，所以我们不仅可以通过各种机器拥有肉体意义上的超能力，而且还可以通过数字技术等拥有智力层面的超能力。

有些人甚至认为，在某个时候，我们将能够把我们的意识和精神内容上传到数字云中，把我们的思想与具有实体的大脑和身体断开。这将实现一些超人文主义者的永生梦。永生将不是在天堂，而是在巨大的数字记忆系统中。另一种永生的想法更多是身体方面的，涉及死后尽快冷冻身体，以便在未来解冻，届时医学科学被认为能够治愈各种疾病，也许能用新鲜的新器官取代有缺陷的或者老化的器官。

有几个人已经被冷冻起来并且等待解冻，包括被称为超人文主义之父的"FM-2030"（他的原名是费雷登·M.伊斯凡迪亚里）。他之所以取这个名字，是因为他相信到2030年时，年龄这个概念将被废除，因为每个人都将能够长生不老。他本人在2000年死于癌症，但是一种叫作玻璃化的技术将他冷冻了起来，将避免在霜冻中通常会形成的晶体，因此不会破坏细胞。"FM-2030"是一个真正的未来主义者，是第一个在自己的尸体上使用这种技术的人。

除了各种形式的反人文主义，即否认人的特殊性（某些反人文主义的变体指责人将自己变成了神），以及超人文主义，即明确地寻求使人成为某种神圣的自身、生与死的创造者，还有一个后人文主义的概念，作为一个更普遍的和开放的术语，它指的是人文主义观念之后的东西。后人文主义只是从科学和哲学的角度关注人，认为人是无法由本质的"人的天性"决定的存在。在理论和实践中对这一点的认识，使我们进入了"后人类"的状态，即后人文主义。

尤其是过去几十年来，关于自然与文化、身体与心灵、物质与象征之间的二元对立，在人类学家和社会学家中间产生了许多争论。过去，人与文化、精神和象征（而非我们与其他各种生物共享的自然、身体和物质）联系在一起，但是如果这些二元论是有问题的，那么用它们描述人也会变得同样有问题。没有这些二元论，人突然（再次）仍然是一种自然存在，仍然是一个动物，仍然只是一具肉体，但是相反，自然突然也是文化的，就像身体和物质被象征性地标记为数字。实际上，后人文主义的大部分内容都植根于本书前面介绍的达尔文主义的想法，即一种互惠主义的形式——人必然被视为更大世界的一部分，他们既是这个世界的创造物，又是创造者本身。人就像蚯蚓一样。

安德烈将这一整段读了一遍，头都没有从书页中抬起来。然后他又读了一遍。反人文主义、超人文主义与后人文主义。他感觉到，在这些技术性的文字之下，隐藏着一些非常重要的东西，无论是对他自己的未来还是对人的未来，都是如此。人从智人的洞窟走向文艺复兴的人文艺术，最后以集中营的无视他人人性的形式，走到了人性的残酷背面，也许人已经到达了某个终点，人正在成为人以外的某种东西吗？安德烈想知道，像安娜这样的科学家致力于用药丸直接操纵大脑中的过程,这意味着什么呢?他曾听她说过"整容药理学",指的是"整容手术"。就像人们可以得到一个更小的鼻子或者更大的乳房一样,人们是否可以通过吃药或者用电刺激大脑,而很快变得更聪明、更快乐、更有创造力呢?

安德烈想知道,如果科学家能够在未来通过基因操纵和药物影响创造出快乐的人,这将意味着什么?他会想要这样吗?现在,他一路乘坐火车环游欧洲,以逃避自己压抑的心灵,但是想象一下,是否用药丸也能达到同样的效果?或者,如果你能给所有新生儿打一针,以确保他们不想伤害别人,这样能消除邪恶吗?是否可以通过技术解决方案预防未来的犯罪?或者,如果坠入爱河的感觉可以在触摸一个按钮时产生——如果大脑现在与一台爱情电脑相连,而当一个人将要工作和集中注意力时,就再次触摸一下按钮,从而消除爱的感觉。那么也许人们就不需要像莎莉这样有着灿烂笑容的人了。也许超人文主义会导致所有个体能够坐下来,设计自己想拥有的情感,而不必将其他人牵涉进来。安德烈不喜欢这种想法。

※

他到达柏林后,住进了最酷的酒店。它和照片上一样酷,有巨大的玻璃窗,可以看到柏林动物园——是的,他可以从房间的窗户看到猴子们爬来爬去。在酒店大楼的顶部有一个带屋顶露台的酒吧,人们在那里可以看到这座城市里的许多屋顶以及不远处欧洲中心顶部大大的奔驰之星。然而,他并没有像自己希望的那样睡得很好,因为他的身体里有一种不安的感觉。他想到了安娜,想到她可能很快将会去世。而莎莉将在第二天晚上到达,所以他的身体里有许多矛盾的情感。

在莎莉出现之前,他有足够的时间看一看这个城市,所以他决定从酒店出发,穿过巨大的蒂尔加滕公园,步行到欧洲犹太人殉难纪念馆。在中欧旅行时,不可能不想起20世纪上半叶在欧洲大陆上发生的恐怖事件。在穿过柏林城门之一的勃兰登堡门后,安德烈到达了纪念馆。

安德烈想,这个纪念馆有点奇怪。它由数百个甚至数千个不同大小的混凝土构件组成,建在一个面积很大的地方。人们可以在混凝土模块之间行走,他坐在其中最低的位置上，可以看到游客的行为大相径庭。他们中的一些人微笑着让自己被别人拍下来。其他人看起来很严肃，走来走去，虔诚地触摸着原始的混凝土。与他所看到的文艺复兴时期的壁画和洞窟壁画不同，这件作品完全是抽象的，没有告诉观众应该如何解释它。也许是因为这个作品标志的事件本身是如此的暴力，而且几乎坚持要人们去记住？也许用它来做具象的艺术，很快就会成为一种冒犯，所以在这里，这个作品显得完全原始和不可理解。就像它标志的大屠杀一样。

安德烈一边走来走去，一边这样想。像以前一样，他的想法有一种奇怪的双重性——他开始发现艺术和文化真的很有趣，同时他为这种有趣感到骄傲，因为他是关心这种事情的那类人。他一个人参观了博物馆和纪念馆。他实际上想为此拍拍自己的肩膀。他在附近的一家咖啡馆坐下来，点了一杯咖啡和几个果酱油煎饼——一种柔软的甜饼，里面有果酱。咖啡馆里很安静。显然，对于他以外的许多人来说，现在还不是喝咖啡和吃蛋糕的时候，所以他决定打电话给安娜。过了很久，她才接电话，当画面出现时，他可以看到她比以往任何时候都更灰暗、更枯槁了。在过去的几天里有了很大的变化,她看起来越来越像一个木乃伊。

"嘿,安德烈,"她平静地说,"柏林怎么样?你见过后人类研究所的米凯拉了吗?"

"不,还没有,"他回答,"我今天才到这里,只看了酒店周围的区域,然后是勃兰登堡门和犹太人纪念馆。"

"啊,是的,它建得太巧妙了。看到它会让你傻眼。它是由一位名叫彼得·艾森曼的建筑师设计的。我认为他只是想创造一些难以想象的东西,以纪念那场难以想象的悲剧。"

"你到底是怎么认识米凯拉·施密特的?"安德烈问道。

"她来自一个致力于后人类研究的中心。那里有许多工程师、遗传学家、脑科学家、计算机科学家和哲学家。米凯拉在医学优化部门工作,我通过很多会议和合作与她熟识。她帮助我开发了创意游戏,当我不得不离开冥想星时,我们已经一起工作了很久。顺便说一句,你知道她的名字是什么意思吗?米凯拉的意思是'像神一样的人',我们对此很感兴趣,因为这个研究所的工作方式就像神一样——创造未来人。而施密特的意思是铁匠,你知道的。米凯拉就是一个人类铁匠,按照神的形象创造人。"

安娜想笑,但是被她自己长长的咳嗽打断了,安德烈担心他们将不得不结束谈话,直到安娜举起一只手,似乎在说她会继续。

"你知道吗?"她终于可以说,"我对整个神的计划产生了很多疑虑,我将这个计划称为有趣的。人工地创造幸福和创造力,真的是人的责任和我们的权利吗?这个问题你应该问米凯拉。我不会再有机会参与这场辩论了,但是也许你可以。如果我们改变自洞窟壁画时代以来的生活方式,我们能在未来成为人文主义者吗?"

"我在那份文稿中读到了反人文主义、超人文主义和后人文主义,"安德烈插了一句。与高中时读自己的教学大纲相比,他能够更好地记住这些概念。在这次旅行中,他学到的所有东西都显得很重要,"究竟是谁写了这份文稿?"他问。

"几天后我见到你时,再告诉你,"安娜回答,"当你在柏林看了将要看的事物以后,你最好赶紧回家。我能感觉到自己的身体越来越虚弱,安德烈,我茶饭不思。我想在丹麦的这里和你说再见。"

"哦,奶奶,"他说,泪水涌了出来,"我爱你,我如此感激你给了我这段旅行。我感觉自己完全变了!"

"你看起来是改变了,安德烈,我一直都知道你也有这种感觉。从某种程度上说,你并没有改变。你刚刚成为你自己,而且一直都是如此——你是体贴的、心地善良的。那么其他一切都不重要了。"

※

在与安娜谈话之后,安德烈乘巴士前往柏林的西南端。这里是马克斯·普朗克人类后研究所,离著名的柏林自由大学不远。巴士停在了植物园,他走了最后一段路,然后到达了研究所。它被设置在一个低矮的白色建筑群中。像往常一样,安德烈用他手机中的GPS来找路。尽管智能手机在各种平台上的持续存在给人带来了相当大的压力,但是你只需查询如何从A地到B地,就能迅速得到一份包含公交线路和所有内容的旅行计划,这一点是不可思议的智能化的。顺便说一下,安德烈几乎没有像他的大多数同龄人那样在社交媒体上露面。他在社交媒体上与人没有太多的接触，也不喜欢那些喋喋不休的争论。

研究所在一个由普通房屋组成的街区，场地外有很多自行车和电动车。他现在没有与米凯拉·施密特预约，但是他想在这个地方试试运气。他经过一个友好地微笑的警卫。警卫大概以为安德烈是个学生。他径直走进一个大厅，那里有一个小食堂。人们三五成群地围坐在一些餐桌旁。有些人喝着咖啡，听着彼此的故事大笑，在其他地方，三四个人坐在一起，研究着纸上的图表。气氛很轻松，但是也很严肃和专注。安德烈可以听到，他们既说德语，也说英语，角落里有一群亚洲人在说一种听起来像汉语的语言。

安德烈觉得自己是一个闯入的局外人，所以他不想坐在任何人的旁边。相反，他研究起挂在墙上的一些海报。这里既有对研究所研究人员进行采访或者报道的剪报，也有宣布即将在研究所举办的许多客座讲座的小海报。

他从一家英国报纸上找到了一篇关于米凯拉·施密特的文章，跨版面的头版大字写着"幸福药丸来了！"，还有一张米凯拉·施密特的照片，她穿着经典的医生白色外套，留着大波浪卷，还戴着一副小圆眼镜。她看起来非常漂亮，一只手拿着一杯水，另一只手拿着三颗印有笑脸的黄色药丸。她被描述为世界上医学优化领域出类拔萃的研究人员之一，根据这篇文章，医学优化是指让快乐的人和有创造力的人变得更加快乐和更有创造力。

在这篇文章的旁边，有一个关于来自纽约的乔纳森·特纳教授的帖子，他将在下个月来谈论自己在"有自我意识的机器人"方面的工作——特纳声称这种机器人已经存在了。"我们已经造出了一个能够在镜子中识别自己的机器人。"随附的文字是这样声称的："这是否意味着机器人应该有公民权利？"安德烈在讲座预告中读道："有自我意识的机器人可用于医院和老年部门，从长远来看也可用于儿童保育和教育。机器人的自我意识将使机器人拥有类似人的情感，因此它将能够以一种有益于普遍福祉和幸福的方式为人服务。"还有一张海报，上面有一个机器人的图片。

海报下方是一行附带的文字，图片中的机器人被描述为索菲亚，在 2017 年日内瓦的一次"ITA 峰会"上与人们见面，她在会议上发表了演讲。同年 10 月 25 日，索菲亚成为历史上第一个被授予沙特阿拉伯公民身份的机器人,这引起了一些争论,因为索菲亚没有戴头巾。索菲亚的创造者大卫·汉森后来说,索菲亚将利用她的公民身份,在她的新国家倡导妇女权利。目前还不清楚这种情况已经在多大程度上发生。安德烈读到这里时笑了,因为这个故事看起来很荒诞。他曾经很多次在电视上看到这样的机器人,甚至在接受采访时也是如此,然而,有一点总是很清楚,尽管它们被赋予了人工智能,它们并非有知觉的、有经验的存在。

安德烈可以看到,其他许多帖子都是关于幸福的,以及如何为"后人类"发展幸福,因为它在许多地方都有。他想和米凯拉·施密特谈一谈这个问题。但是首先,莎莉将要来了!一想到她,真是幸福啊。

※

安德烈回到旅馆的房间以后,觉得很累,但是当他想打盹时,却没有睡着。相反,他拿起《何以为人?》这本文稿。在关于未来人的那一章中,他看到一个标题,上面只写着"幸福"。

关于幸福是什么的问题，在现代被认为是一个人可以问自己的最重要的问题之一。尤其是对于世俗文化中的人们来说，生存的意义应该在人生本身寻找，而非在来世的概念中寻找，幸福已经被视为人生的意义。随着心理治疗和心理训练等心理技术以及各种医疗制剂的出现，幸福似乎越来越多地出现在个体可及的范围内。对于未来人来说，要如何改变这一点呢？

在20世纪，各种自我发展者开始谈论"幸福是一种选择！"。相反，也出现了对这种"幸福产业"的批评，认为它忽略了所有影响幸福的个体无法控制的因素。像威廉姆·戴维斯这样的评论家认为，问题在于人们正在为自己预期的不幸福受到指责，尽管这可能是由各种社会和社会状况造成的，比如经济衰退、结构性失业和一些特定群体的边缘化。

尽管近年来随着"幸福技术"出现，个体幸福的问题变得非常热门，然而，关于什么是幸福的讨论可以追溯到更早以前。古希腊哲学家对幸福的看法一般是宿命论（命中注定的），认为个体所能做的事是有限的。幸福更多地取决于运气，并且受到个体无法控制的因素的影响，甚至取决于一个人去世后，他的后代决定做什么。因此，幸福不仅仅是一种内在的心理状态，而且是一个人的人生如何被塑造的客观表现。对希腊人来说，与其说幸福是创造人生本身，不如说是帮助人"忍受"其命运。当然也有例外，尤其是苏格拉底，可以说他是现代幸福观念的先驱。他认为幸福受到个体选择的影响，一个人可以通过洞察永恒的思想来获得精神上的幸福，这与他生活的物质条件完全无关。许多后来的哲学家，包括我们在本书前面听到的斯多葛派，发展了创造平静和精神幸福的技巧，这种方式与人所处的环境是脱离的，通过这样做，可以说他们为今天的"幸福是一种选择！"的理念铺平了道路。

随着基督教的兴起，幸福变成了来世的救赎问题，关注从今生转移到了神的恩典上。直到18世纪，才出现了一个真正的理念，即幸福不仅仅是人的一种可能性，而且是一种权利。基督徒的问题"我如何才能得救？"被转化为世俗的问题"我如何才能幸福？"争论的焦点是，神以前是幸福的保证者，然而，它变成了这样一个事实：幸福变成了人的神。这尤其发生在启蒙运动和科学知识的爆炸性增长中,这种爆炸性增长不仅适用于物质世界,也适用于心理世界。《独立宣言》明确阐述了这一点,这个宣言将生命、自由和对幸福的追求提升为不言而喻的真理("生命、自由和对幸福的追求"),在此基础上才值得建立一个社会。

英国功利主义者,如杰里米·边沁和约翰·斯图亚特·穆勒,19世纪开始,致力于为人科学地创造幸福。道德上正确的行为是,用功利主义者的著名公式——让尽可能多的人获得最大的幸福。必须使社会制度的设计能够实现人们的愿望和偏好。简而言之,幸福就是做让人快乐和满足的事情,尤其是对边沁来说,这成为一种相当简单的享乐主义哲学。功利主义是指功利思想,享乐主义是指享乐哲学,所以有用性与为人们创造充满快乐的体验联系在了一起。作为一类早期的幸福科学,功利主义会计算如何才能最好地实现这一点,例如,现代积极心理学是功利主义幸福研究方面重要的当代继承者。积极心理学兴起于20世纪90年代末,旨在研究是什么创造了人生中的幸福、快乐和积极的情感。密尔的功利主义比边沁的功利主义更复杂,然而,他们的基本思想是一样的(正如我们在前面看到的18世纪的休谟):善与恶是由快乐和不快乐决定的,社会的任务是使快乐(和幸福)最大化,使不快乐(和不幸福)最小化。

当然,功利主义也受到了批评,例如尼采,他认为人并没有去追求内在的幸福,与之相反,人追求的是权利,正如他一针见血地宣称,不是所有人都在追求幸福——只有英国人在追求幸福(他将功利主义者称为英国人,在他看来,英国人相当枯燥沉闷,一心只想着幸福)。后来一位更文学化的批评家是阿尔多斯·赫胥黎,他在1932年的未来小说《美丽新世界》中想象出一个由一种功利主义者统治的社会,这种功利主义者为人们提供一种名为索玛的幸福药物,并且强调性、娱乐等享乐主义的快乐。赫胥黎的观点是,这样的社会是高度压迫性的。它也许给了居民"积极的情感",但是它背弃了所有真正具有存在深度的东西。赫胥黎的书仍然是对那些相信幸福可以通过特殊的洞察力对灵魂生活进行科学制作的人的严重警告,即通过社会工程和心理工程。

功利主义存在的普遍问题,可以说是它将生存中的许多质的不同维度简化为可以用简单的、定量的幸福尺度来衡量的维度。毕竟，你将要做的事情是给大多数人带来最多的幸福。但是，如果现在这意味着必须将个体权利踩在脚下呢？对于一个激进的功利主义者来说，只有在权利导致社会整体幸福的增加时，权利才是合法的。但是，如果现在大部分公民选择剥夺一小部分人的权利、财产或者生命本身，从而增加社会的整体幸福感呢？是的，那么一个一贯的功利主义者不能纯粹说它发生是可以的，他甚至可以出于道德原因推荐它。这违背了绝大多数人的道德直觉。例如，即使对一个无辜的人施以私刑，可以在一个社会中增加1000个"幸福单位"，而这个人随后失去了例如100个"幸福单位"，社会增加了900个单位的总幸福。但是大多数人也会说，惩罚一个无辜的人仍然是根本性的错误。这是不公平的，不管它在其他方面可能会使其他人感到多么幸福。

可以说，功利主义的问题在于，它没有建立在人文主义的个人尊严和神圣性的理念上。它将社会上所有的幸福都融为一体，并且试图计算如何使幸福最大化，但是这很快就会与个体决定自己生活的权利相冲突。

今天许多同样寻求为人创造持久幸福的超人文主义者都遇到了这个问题。达林·麦克马洪写了一本关于从古代到现在的非常详尽的关于幸福史的书，最后，他警告任何未来的"幸福政策"。麦克马洪认为，任何提高个体幸福水平的尝试，都是基于突破人的状况的愿望。也许这种对幸福的追求不是一个真正的针对人的项目，而是后人类的梦想吧？也许有理由保持人的现状，但是在今天的后人类条件下，如何才能做到这一点呢？

幸福方面的核心政治问题不应该是我们如何设计一个幸福的社会吗？但是另外，当我们批评社会制度并且可能改革时，我们怎么才能从人们的不幸福开始呢？有时，这被称为消极的功利主义，其目的不是使幸福最大化，与之相反，是使不幸福最小化。然而，在这里我们也必须小心，因为从理论上说也许可以用索玛使肉体的不幸福最小化，就像在赫胥黎的《美丽新世界》中，或者通过现代科学可以生产的其他物质或者技术，将不幸福降到最低。戴维斯针对自己所称的"幸福产业"进行了批判性的写作，他认为不幸福应该被正确地视为批评社会的基础，而非仅仅将不幸福作为针对个体进行医疗或者有助于放松的治疗的起点。

随着现代医学的发展——以及以各种可能的方式影响人的思想的可能性——将人可能经历的各种痛苦病理化的风险是存在的。所有的悲伤、经历不公、社会边缘化等现象，都有纯粹被诊断为个体障碍（如抑郁或焦虑）的风险，然而，将这些现象当作疾病来对待真的合理吗？对于一个希望减少公民痛苦的现代福利社会来说，这是一场艰难的讨论。但是，如果现在这种痛苦的一部分是有意义的呢？包括对死亡的恐惧（提醒我们生命的价值）或者对失去亲人的悲痛（提醒我们对逝者的爱）。这里没有简单的解决方案，但是它很可能成为未来的一个讨论核心，因为在未来会有越来越多的人不再认为痛苦可以是有意义的，而是将其当成一种精神问题。后人类的梦想是一个没有痛苦的永恒人生的梦想，然而，问题是它是否更像是噩梦，而非愿望中的场景。

安德烈看向窗外。有一只小猴子坐在一根光秃秃的树枝上。它用小手抓住一块水果，啃得津津有味。我想知道那只猴子会为自己是猴子而感到幸福吗？如果快乐只是大脑中的一个过程，那么通过食物、性或药物产生快乐，会怎么样呢？安德烈想到自己有一次在电视上看到的一部纪录片，一些科学家将一些电极植入了老鼠的大脑，就在大脑控制幸福的中心。老鼠可以通过按下一个踏板来刺激这个中心，有些老鼠坐在那里一直按，然后就饿死了。这一定就是书里所说的"享乐主义"——简单的欲望。这也许是"幸福产业"的反面——他下次和母亲谈话时会记得用这个词。实际上，这可能是他一生都在接触的那个词吗？所有的尝试都是为了帮助他解决焦虑和困难的各种想法：它们实际上只是幸福的技术，如果将他看作某类老鼠，就应该将一些幸福的东西灌输到他的头脑里吗？

不，这将是一个不公平的结论。母亲、他的心理医生、他的许多老师为他担心——他们都希望他好。但是，也许幸福不仅仅是指内心的感觉良好吧？安德烈想到了他的环欧旅行：并非以他为中心，但是一切都与他自己有关，与其他的人、人性和整个文化史有关。然而，尽管会想到安娜的疾病和莎莉受到的攻击，他还是感觉很幸福。他又看了一小段文稿，他还没有读完。

1974年哲学家罗伯特·诺齐克提出了一个著名的思想实验，该实验旨在表明快乐与幸福之间的矛盾，一直坐在那里而且内心快乐并不是幸福。如果诺齐克是对的，就意味着幸福根本就不是一种内在的心态，那么包括功利主义在内的许多幸福哲学就真的有问题了。

人们必须想象一下，一些科学家发明了一种所谓的体验机。这台超级计算机可以通过复杂的接口，连接到一个人的中枢神经系统。当你与体验机相连时，你将能够准确地体验到使你最幸福和最满意的东西。可以用计算机进行编程，从而为个体提供恰到好处的体验。例如，如果你是一个足球迷，你可以体验到这种人生，你进入了国家队，赢得了世界杯，在球员生涯结束以后你成为一个成功的国家队教练。或者你可以成为世界著名的音乐会钢琴家，或者因为开发出治疗癌症的方法而获得诺贝尔奖。无论如何，你体验的是自己在开发一种治疗癌症的方法。关键是你在以一种生动的方式体验它，这意味着你并不认为它不是真实的。事实上，一旦你选择进入体验机，你就根本不知道自己已经与它连接了。也许我们现在就在体验机里面？人们也无法跳出体验机，因为人机连接是如此复杂，以至于无法追溯。一旦进入体验机，就总是在体验机里，然而，这样可以保证一个人将拥有最大的冒险和愉快的生活。简而言之，幸福是有保障的。

我们现在可以各自考虑是否真的要连接这种体验机。看过《黑客帝国》这部电影的人都知道这种幻想，悲观主义者也许会说，在我们的媒体中，互联网和电视不断地刺激我们，使我们已经建立了类似于巨大的集体经验机器的东西，如果没有智能手机，连去森林里散个步都是不可能的。并非所有人都能接受诺齐克的体验机。

很少有人愿意将自己放在体验机里，他们不愿意体验一种充满刺激和体验的漫长人生。为什么不愿意呢？对此，有一个反对意见是，人们必须了解逆境和不幸福，才能欣赏成功和幸福，而体验机给人的只有幸福。然而，这种反对意见是无效的，因为人们可以简单地给体验机编程，提供逆境与成功、不幸福与幸福、欲望与禁欲的最佳比例，从而（以功利的方式）最大化地体验幸福。

对体验机说不的一个更好的理由是，它只传递了生活的一个维度，即与体验人生相关的维度。就如何体验人生而言，这台机器能带来最大的幸福。但是它不能提供任何真正的意义，因为没有真正的去行动的可能性（只有行动的经验）。你的内心可以获得主观的幸福，获得功利主义者想要最大化的一切。但是你没有机会采取行动，无法尝试在共同的现实中实现更普遍的人类价值观甚至客观的价值观。生活与体验生活是有区别的，而体验机只允许人们体验生活。

诺齐克的思想实验试图表明，我们中的绝大多数人都会选择现实生活——所有的不确定性、逆境、痛苦和有意义的活动机会，即使以牺牲生命为代价。尽管在体验机中体验生活可以保证幸福，然而，实际生活中的生活必然包含失落、悲伤和其他的不幸福。如果我们作为功利主义者，基于主观经验定义幸福，宣称幸福是最高价值，那么就没有理由想要进入体验机。因为我们在这里用钱换来的只是满满的幸福货币。所以，我们不想待在体验机里的事实表明，体验幸福也许终究不是最高的价值。

这将是康德的结论，例如，如果我们再次引出他以前的责任哲学（我们在第三部分讨论情感和道德时遇到过康德）。我们宁愿努力过一种有意义的生活，这种生活依赖于与他人建立关系的实际行动，而非获得最大限度的体验式的幸福。人们也可以选择坚持认为幸福是最高的价值，然而，他们纯粹拒绝幸福可以用经验来定义的说法。这大概是亚里士多德的结论。如前所述，在他的著作中，幸福的概念与以美德（人为实现人性而必须具备的品质）为特征的生活形式联系在一起。

在任何情况下，结论是，不能仅仅从体验方面来理解幸福的和有意义的生活。除了纯粹的内心幸福和主观幸福以外，还必须有其他东西。还必须从行动中理解生活，在这些行动中，人可以去做一些真正重要的事情，而非仅仅是体验。问题是，创造永恒意识的超人类主义梦想——在数字云中体验不朽的生活，如何能回答用体验机进行思想实验后得出的反对意见。如果有人完全生活在体验机、数字云中、矩阵中、硬盘上，这样的人生会更好吗？似乎有一些超人类主义者确实梦想着这一点，然而，也许他们没有彻底考虑过这个问题吧？

※

安德烈在火车站的人群中穿行。他将去找莎莉！她的火车已经到站了,但是站台上挤满了如此多的旅客和像他一样要接其他人的人,所以他很难到站台上。但是最后,他看到了她的微笑还有她的眼睛。她在人来人往中一动不动地站着。他将自己推向了她,还拥抱了她。她拥抱了他很久。

"见到你我很快乐,安德烈!"

"我也非常高兴你能一路到柏林来。"他回答说,"你还好吗?"

"越来越好了。我才没有被淘汰呢,但是我的父母担心会有后遗症,所以他们希望我尽快回家。他们已经预订了后天的机票。我真的想继续我的旅行,但是我最好按他们说的去做。否则,他们就会来找我!"

"这听起来也是最明智的做法。我也要回丹麦了。我的奶奶叫我回家。她现在真的要去世了。"

他们开始一边走,一边互相搀扶。在车站的所有声音和忙碌、嘈杂的人们之间,他们感觉有小泡泡将自己与外界隔离开来。如果需要的话,他可以在一天剩下的时光里一直走在这条路上。

"你入住我住的那家酒店如何?"他问,"如果你愿意,我们就去那里。如果我们穿过蒂尔加滕过去的话,大约需要一个小时。"

莎莉表示愿意,而安德烈觉得自己有点像路路通,在大城市的街区里引导一个新来者。一直以来,需要帮助的总是他。他总是被别人考虑的那个人。也许这就是像个成年人的感觉?当他们从最糟糕的噪声中走出来后,莎莉讲述了关于袭击事件的整个故事。她有很多独自旅行和生活的经历,然而,她以前从未经历过这样的事情。

"我读过很多关于攻击女性的资料,但是亲身经历完全是另一回事,"她继续说,"我只是太生气,太生气了!"她握着拳头,在人行道中间开始了一场假想的拳击比赛。

"我想知道,现在生气不是一种很好的感觉吧?"安德烈建议道。

"好吧,我当然不会只坐在那里,只是接受和呼吸!我必须做一些事情!争取自己的权益!"

"你还想参观后人类研究所吗?我们明天早上和米凯拉·施密特在那里有约。"

"是的,肯定是。我一直很期待这件事。"

他们来到旅馆,莎莉得到了一个面向马路的房间。安德烈提出，他们可以交换房间。他认为她应该尝试与窗外的猴子做邻居。起初她礼貌地拒绝了，但是他最终说服了她。他们在酒店的顶层一起吃午饭，俯瞰着奔驰之星，安德烈感觉自己是世界上最幸运的人。

※

他们在一起谈了半个晚上。主要是莎莉在说话。安德烈听着，要他保持安静并不困难，因为光是看到莎莉的嘴如何用完美的英式英语组成如此多的单词，他就觉得很舒心。当她停顿下来时，他也基本不说话，然后她时而笑、时而哭，讲述自己的整个旅行。这次袭击是一次可怕的经历，但是她也同时讲述了自己旅程中的许多有趣的情节。她能看到的一切事物都很有趣，就好像整个世界对她来说都是一个博物馆或者实验馆，在那里要做的事情就是尝试各种事物，拿起它们并且审视它们。一切都很兴奋，这是一种具有感染力的生活方式。

第二天，话语的流动有些放缓，莎莉更专注于向安德烈提问。她想尽可能多地了解他的母亲，了解安娜，了解他们现在正要去拜访的这位米凯拉·施密特。关于后者，安德烈无法告诉莎莉太多东西。他给了莎莉他在布拉格为她买的小木偶。他以前不想给她，因为考虑到她的艰难处境，这也许显得很冒失。但是现在似乎更合适了，莎莉在他们坐在巴士上时拆开了礼物，她大声笑了起来，所以其他乘客转过身来笑了，她立刻拿着娃娃做了一段小小的表演。

"我是一个人！"她用英语说，带着假的德国口音，"我被伟大的女神统治着！"在巴士上，娃娃在她的大腿上跳来跳去，安德烈感到如释重负。她喜欢这个礼物。她笑了。一切都将好起来。

当他们经过警卫时，警卫对他们笑了笑。他似乎认出了安德烈，他们很快就找到了去米凯拉·施密特办公室的路。她是一个友好而热情的女人，给了他们俩一个大大的拥抱和微笑。安德烈记得，在他读到的关于她的报纸文章中，照片中的她和真人很像。米凯拉·施密特给他们倒了咖啡，他们在她办公室一端舒适的沙发上坐了下来。那间办公室看起来很普通，没有什么未来感。安德烈好奇地环顾四周，心想这可能是这所高中的校长办公室。除了贴在其中一面墙上所有的 A4 纸图表。

"这些是我们的幸福药丸的测试结果，在老鼠和猴子身上都进行过测试。"米凯拉说，"那是个好兆头。"她继续说，"当老鼠接受了准备工作后，会变得更有进取心和活力。猴子变成了真正的情绪炸弹！"

"这是某种抗抑郁药吗？"安德烈问道。

"不，是我们在这里影响了其他一些递质。通常的抗抑郁药，是的，我知道它们有时被称为幸福药丸，但是那完全是一种误解。它们在某些情况下可能会清除最严重的抑郁症，但是它们不会让你幸福。希望我们的药丸会让你幸福！我们几乎已经准备好在人身上测试它们。我们的幸福药丸和我们的创造力药丸有一些相同之处。我们希望它，也许还有好运丸，能使我们的社会变得强大和有弹性。让人成为快乐的人，也就是有生产力的人！"

米凯拉已经坐回了软椅上，将眼镜架在卷发上。安德烈喜欢她这个人，但是与此同时，她说的那些话让他感到胃里有一种不幸福的悸动。

"我刚刚在读一个文本，它警告说不要为后人类创造人工的幸福。在我读的这本书中，我们被称为后人类，或者即将到来的人。"莎莉坐在他旁边,点了点头。她目不暇接,就像观看一场网球比赛的观众一样。

"是的,我们在这里也是这样说的。毕竟,我们研究中心是关于后人类的。但是我不喜欢谈论人工的幸福。它怎么会是人工的呢?当你运动、与爱人在一起或者在生日得到一份漂亮的礼物时,这样你会感到高兴,不是吗?那是由荷尔蒙和递质引起的,然而,它不是人工的。这是一种真实的体验,如果这种体验因你所服用的药丸而加剧,或者完全由它创造,那就是一种真实的体验。"米凯拉说。

现在莎莉插了一句:"然而,爱的幸福与此不同,它与世界上的一些东西有关。爱来自你的大脑以外的事物。有某种事物能让你快乐!如果你吃了一颗药丸,那么就是作弊!那就是不费吹灰之力直接刺激大脑,没有什么是真的。"

"但是,如果体验是一样的,又有什么关系呢?"米凯拉问。

现在由安德烈提出意见:"是的,我是认真的。你知道哲学家诺齐克的体验机吗?"

米凯拉没有回答,安德烈继续解释思想实验,她专心致志地听着。

"这是一场艰难的讨论,"米凯拉在安德烈的演讲后总结道,"我认为人们的答案在未来的年月里也许会改变。也许会有越来越多的人愿意进入这样一台体验机。也许将来会有更大的变化,所以你会想选择这样的生活。我们研究所有一些同事正在致力于研究'奇点',即人类能够以一种方式与技术融合,我们将不再与自己的身体联系在一起,也许甚至没有与我们实体的大脑联系在一起,因为我们的想法和情感将存在于一个数字世界中。"

"但是你真的认为人们想生活在一个数字世界里吗?"莎莉插嘴说,"你认为人们会在没有身体的情况下永远活着吗——作为一套纯粹的算法活着吗?它究竟是人吗?"

"无论如何,我们已经是算法了。"米凯拉回答,"现在,这些算法只是在一个有实体的大脑中运行,这是一种电化学信号的回路,我们的研究团队试图用自己的药丸和制剂来影响它,但是它们同样可以在计算机中运行,例如在一台超级量子计算机中。"

"但是我们真的确定我们的思想是纯粹的算法吗?"莎莉问。

"爱真的是一种算法吗?"安德烈同时问。

他们开始嘲笑自己急于与这位著名的科学家讨论这些问题,她回答说:"在科学上你永远无法确定任何事情,但是有非常确定的知识,即人脑处理信息是为了确保有机体的生存,而思想的算法也是源于此。"

"依据经济科学看这些状况,你谈论的是经济人。"米凯拉继续说,"它指的是理性的计算者,他们审视一种情况,并且计算出如何最好地应对。这是一个非常根深蒂固的看人的观点。"

"但是我们的情感、我们的社会生活、我们的道德和助人为乐的精神呢?"安德烈表示反对,"人的这些方面难道没有表明,我们不是这样的经济人吗?"他的脑海中浮现出《何以为人?》中的第一个大标题,并且很高兴能够毫不费力地参与到与这位经验丰富的研究人员的讨论中。

"这是一个开放的问题。"米凯拉回答,"我不是一位浪漫主义者。我将人视为一种信息处理装置,就像一台先进的计算机。而且我们很快就会开发出比现在先进得多的计算机,这也许会导致我们使人优化时,他们会更幸福。这就是我们的目标。毕竟,技术总是被用来改善生活。想想书面语、日历、时钟的重要性,更不用说耕作和家里的技术,比如炉子和洗衣机,还有喷气机和计算机。我们可以纯粹将新技术直接用于人、他们的大脑和身体。这有什么错呢?"

"但是我们想要这样吗?"安德烈和莎莉异口同声地问。

"我想要。"她一边回答,一边冲他们眨眼。然后她往椅子前面坐了坐,问起了安德烈的奶奶。安德烈谈了安娜的病,以及她在过去几天和几周内如何变得越来越糟糕。

"嗯,在疾病的那个阶段,它发展得很快。"米凯拉继续说,"如果她再健康几年就好了,那么我们也许可以为她提供一种有效的药,或者是一种可以帮助她的技术!你应该了解你的奶奶,她是我见过的最聪明的人之一。但是近年来,她似乎对我们的工作,以及她自己的工作变得越来越挑剔。我只对你们说,我有一种感觉,她故意阻挠了冥想星的创造力药丸的开发。"

米凯拉起身问安德烈和莎莉饿不饿。日本一家研究院的小林博士参观了该研究所,他正致力于创造人工 3D 打印器官，这种器官将可以使生命延长几百年。然后有一个提供自助餐和白葡萄酒的招待会，他们受邀加入。他们其实也想参加，在去招待会的路上，米凯拉将安德烈搂在怀里，问他这一生想做什么："你打算学什么，安德烈？分子生物学是未来！"

"我已经对艺术史产生了兴趣，还有哲学，"他回答说，"但是生物学也很令人兴奋。"

"啊，是的，我们研究所也雇用了哲学家。他们致力于解决后人类产生的各种伦理问题。我们如何为人类之后的新人类建立起一种伦理规范？这就是问题所在！那么机器人呢？你读过关于在沙特阿拉伯获得公民身份的机器人的报道吗？我们现在有一种人文主义伦理，但是从人工智能、机器人技术和医学优化的角度来看，它似乎完全过时了。"

"难道后人类不是问题所在吗？人文主义伦理还值得坚持吗？"安德烈问道。

"有可能值得，"米凯拉微笑着回答，"我想你奶奶今天也是这么想的。十年前她并不这么认为。但是，我是一个进步的乐观主义者！"

安德烈感觉到莎莉拉着他的手。它使整个手臂有一种温暖和刺痛的感觉,并且扩散到自己身体的其他部位。这一切真的只是生物学方面的事吗?一次快乐、一种幸福,可以简化为大脑中的各种进程吗?是否可以通过化学方法进行优化?他无法真正接受这一点。

※

参观完研究所后,莎莉和安德烈一路走回了酒店。他们一路谈论着人之后的存在,以及是否值得成为一个后人类。"毕竟,我只是刚刚成为人。"安德烈说,"我在这里旅行的项目是成为人,并非仅仅成为我自己。我明白了。我想这是奶奶的计划。但是,如果很快就不再有任何人类的东西,没有任何普遍的东西,那么我也许只会回到将要成为安德烈的状态。"

"是的。"莎莉说,"我想你也可以成为安德烈,那个在欧洲旅行的富有的斯堪的纳维亚人。但是所有的穷人怎么办呢?我不知道他们是否能买得起幸福药丸和医疗优化。"

"这是个好问题。我有空时问一问安娜,她是如何看待不平等问题的。冥想星一定赚得盆满钵满。"

"我想见见你的奶奶。"莎莉说。

"我也希望你能见到她。"

"我明天就回英国的家了,但是,也许我可以在夏天晚些时候见到你?还是在秋天?"

安德烈感觉好像一大块焦糖在他体内溶化,以最令人愉快的方式流向他的胳膊和腿。他们将会再次见面!

※

他们预订了在柏林的最后一晚的酒店。他们在开玩笑,但是同时也在认真地交谈。第二天早上,安德烈必须返回丹麦,而莎莉必须返回英国的家。尽管他的旅行即将结束,他却感到似乎新的旅行即将开始。从某种程度上说,在环游欧洲的过程中没有发生太多的事情。是的,他在短时间内看到了许多有趣的地方和事物,遇到了莎莉和其他几个给自己留下深刻印象的人。但是,除了莎莉遭受的袭击之外,一直没有发生重大的戏剧性事件。然而,他觉得自己完全改变了。他已经很久没有产生真正的黑暗想法了。他已经很久没有需要进入自己体内进行冥想了。最重要的是，他已经很久没有生母亲的气了。现在他实际上认为母亲很可爱。他想知道她会怎么看待莎莉。

作为一种睡前故事，安德烈给莎莉读了《何以为人？》中关于未来人的那一章。夜幕降临时，他们坐在莎莉房间的沙发上，望着动物园里的猴子。

在本章早些时候，我们听到了对人文主义的不同批评方式：反人文主义、超人文主义和后人文主义。他们都转而反对人文主义。但是，也许捍卫一种人文主义仍然是可能和必要的吧？也许人文主义的各种理念对我们的文化和社会来说太重要了，我们可以不让它们被毁灭吗？整个理念史遗产，从柏拉图和亚里士多德这样的古希腊人，到西塞罗和塞涅卡这样的罗马人，到伊拉斯谟和蒙田这样的文艺复兴时期的人文主义者，再到20世纪的哲学家汉斯－格奥尔格·伽达默尔这样的近期代表，都让我们了解到人是一种与众不同的事物。人文主义的核心是将人看成是一个负责任的、有解释力的存在，由于其固有的尊严而受到尊重。《丹麦大百科全书》对人文主义做了很好的描述:"人文主义的人生观将尊重个体在自由和道德责任方面的发展权利作为其准则。人文主义者坚定地站在独立于外部权威的立场上。他让自己的理性、判断和品位引导自己。"鹿特丹的伊拉斯谟洞察到,人在社会习俗中展示自己,他在《对话录》(1518年)中发展了这个观点。礼貌和文明行为不仅是一个外壳,从道德角度看,它们似乎是内在的。《邮报》的作者、修辞学家耶尔根·法弗纳也提到了伽达默尔,他概括地说:教育、判断、理性和感知是"人文主义的主旋律"。

在欧洲历史上,这种人文主义与文学密切相关,当然包括哲学和虚构的文学。文学与文艺复兴时期的人文主义有着千丝万缕的联系,后者认为人有一种特殊的品质,个体是世界的积极参与者。这些文艺复兴时期的思想发展为18世纪的个体主权概念和19世纪的教育思想。失去人文主义,意味着失去小说艺术、人权与基于公民权利和现代社会背后的大部分思想。在未来的岁月里,将有一个至关重要的争论,也就是考虑人文主义在后人类世界持续下去的可能性。当争论的对象就是人时,我们还能继续是人和成为人吗?

6 哲理人

存在主义
信仰
海德格尔
超越
哥本哈根
爱

作为人,我们的人生故事与许多其他人的故事交织在一起。当然,是活着的人的故事。那些对我们有意义的人,使我们成为我们所是的人。还有逝去之人的故事。那些创造了我们的语言、文化、神话和知识的人。

与莎莉说再见是一件很困难的事。她将要去机场了，飞回英国的家，而安德烈不得不坐火车去日德兰。他答应母亲来给自己洗衣服，然后他们可以一起去圣路加临终关怀医院看安娜。他以前从未像这样与任何人告别。这就像在电影中一样——拥抱、快速亲吻（是的，莎莉吻了他），然后在机场与其他人挥手告别。对于这类事情，人们有非常严格的编排。这真的很美好，不然他也许已经开始哭了。

当莎莉的身影消失在人群中时，安德烈环顾四周，看着其他正在向朋友、孩子和家人告别的人。他突然觉得有点尴尬，因为他们挥手致意的人都走了。这有点像一个人坐在散场的电影院里看片尾字幕。然后安德烈拿起他的背包，向火车站走去。

他现在坐在这里。然后在售货亭买了一瓶维他命水。在整个旅途中，他没有考虑过补充维他命，但是现在他最好喝一些，这样他就可以告诉母亲自己还足够健康。他也没有冥想或者做放松练习，但是他仍然感到身体里有一种愉快的平静。与莎莉告别后，他很难过，他感觉身体很沉重，他安静地坐在长椅上等待火车，没有紧张地四处张望。

安德烈想到他的这次教育之旅过得是多么美好。他想知道，安娜是否将这次旅行当成了对他的一种治疗？可能没有。但是它还是起到了治疗作用。而安德烈可以带着对科学、哲学和历史的新兴趣回家了——过去他也和安娜讨论过这些，但是现在他对这些有了明确的兴趣。他想上大学。他知道这一点。在那里，他会沉浸在其中的一些话题中。他只是还不太清楚是哪些话题。

他觉得想和安娜说话，他试图给她打电话，却没有成功。在过去的几个小时里，他已经尝试过几次，结果都是一样的，他开始紧张起来，担心她是不是真的变糟糕了。相反，他拿出了《何以为人？》的文稿，并且开始阅读新的段落：哲理人。

亲爱的读者，我们现在已经走了很远，去寻找那个基本问题的答案。人是什么？我们从达尔文描述的生物人的面向开始，在这个面向中，人是一个物种，即智人，以一种特别复杂的方式与周围的环境结合起来。然后我们转向了理性人，他可以接受教育从而进行独立思考，成为博学者，并且对自己的人生负责。然而，人不仅是理性的，也是情感的，我们生活中的道德和存在方面的戏剧与我们的情感人生有很大关系。简而言之，"理性人"也是"情感人"，这在单独的一章中有所涉及。最后我们迎来了社会人，人通过社会关系和背景而存在，通过这些东西，别人承认他是具有固有尊严的人，然而不幸的是，因为缺乏承认和将他人视为没有人性的人，人类邪恶的可能性也在此出现。

根据人文主义传统，人有一种特殊的尊严，既与理性相联系，又与特殊的人类情感相联系，然而，人也是唯一可以作恶的存在。我们不会说捕食者是邪恶的，尽管它们捕杀其他动物。因为邪恶的前提是有意识地、错误地承认另一个人的尊严，因此，邪恶的能力（将邪恶说成一种能力似乎很奇怪）是硬币的另一面，对于那些——像我们一样——既是理性的、情感的又是社会的存在来说。

但是难道没有缺少什么吗？能否只从人的内在性来理解人，即他在这个世界上的存在，这既是进化的发展，又是社会和文化的发展？所谓的超越，也就是我们从生物、人类学和人文科学描述的东西吗？正如索伦·克尔凯郭尔在 1848 年的《致死的疾病》中写道，人难道不是有限与无限的统一体或者综合体吗？到目前为止，我们关注的是否只是有限性，也就是我们作为身体的、社会的、文化的存在？人试图超越自己，延伸自己，甚至也许让自己延伸到永恒，这又是怎么回事呢？

也许超越不受我们在这里讨论的各种视角的影响，然而，这是因为看待人的各种科学视角自然地局限于此。生物学、人类学、社会学和心理学研究的人是这样一种存在，他生活在这个世界上，人当然是有限的，注定要死亡。但是，在几乎所有的文化和时代里，人也让自己成为一个可以超越有限世界的存在。柏拉图对来自永恒理念天堂的不朽灵魂的思想，基督教对复活和永生的信仰，以及东方宗教的转世概念都是人超越有限世界的例子。无论是过去还是现在，这样的思想似乎都是人在任何地方存在的标志。人似乎纯粹是这样的存在，使自己意识到要超越我们在日常生活中知道的现实。人生活在一个有限的世界里，却在想象有一个永恒的世界。我们是在这一边，但是我们所盼望的是另一边。

我们没有证据表明鳄鱼、狗或者黑猩猩有宗教信仰，但是许多人有，我们可以说这可能是人的天性的一部分。我们是哲理人，如果我们要充分理解人，就必须包括这种人的面向。当然，这并不意味着一个人必须自己有宗教信仰才能成为"一个真正的人"。

正如哲学家西蒙·克里奇利在一本名为《无信仰者的信仰》的书中指出的，无神论者也有信仰。他并非宣称"无神论也是一种信仰"。无神论否认有一种超越这个世界的更高的、神圣的力量，这种否认本身当然不是一种信仰。克里奇利以一种不同的、更深刻的方式认为，无信仰就是一种信仰，即人被赋予了一种伦理要求，我们应该信仰无信仰。即使是无宗教信仰的人，也（或者应该是）对某些东西有信仰，尽管他们不信仰任何超越自然的东西。通常情况下，背信弃义的人也许信的是自己，因为正如现代世界的自助文化所说，一个人首先必须"信自己"。在此，克里奇利的观点是，人反而应该信仰为他人服务的主张。这不是一个我们可以自由选择接受或者拒绝的主张，因为它是我们在人际交往中的他律性关系所赋予的。

这也是洛格斯特鲁普的伦理学的起点，克里奇利的观点在很大程度上建立在这个基础上。可以说，洛格斯特鲁普是继克尔凯郭尔以后最伟大的丹麦哲学家，他认为人生是在他所谓的相互依存中进行的。这只是意味着我们基本上是相互依赖的，因为我们是社会人。这就是生存的基本事实，或者用洛格斯特鲁普自己的名言说："个体永远不会与另一个人有任何关系，除非对方手里拿着左右自己人生的东西。"于是，从这一事实出发，产生了勒格斯特拉普所说的伦理主张："从基本的依赖和直接的权力出发，产生了关照他人人生的主张，这种人生依赖某个人，并且这个人拥有自己的权力。"那么，伦理要求就是我们对自己的同胞负有非常基本的责任，这是源自这样的事实，我们不可避免地对彼此拥有权力，并且将彼此的一些人生掌握在我们手中。如果我们不认真地对待伦理要求，不相互关心，我们就无法成长为独立的个体。我们将不断地与所有人争夺一切，用16世纪托马斯·霍布斯的名言来说，人生将是"孤独的、贫穷的、肮脏的、野蛮的和短暂的"。不幸的是，对一些人来说，人生就是这样，但是人们通常会努力建立关系的、社会的世界，在那里，个体不会被遗弃在孤独的生存斗争中，而是成为具有不同程度团结感的群体的一部分。

为什么对人来说对某个东西有信仰至关重要？难道我们不能对一切都无动于衷，而只是对自己的欲望采取行动——完全没有信仰可以吗？不，这样的人不会成为人，他当然能变得没有人性和缺乏信仰。

安德烈想知道他自己是否真的相信什么东西。当有人问他时，他很难说自己对神有信仰。但是，也许人们可以在没有明确的神这个理念的情况下对神有信仰吧？也许你根本无法停止相信某些东西，也就是说，如果你要继续生活的话，你是否会信仰某些东西？他继续往下读。

存在主义哲学认为，信仰与死亡的体验紧密相连。古罗马斯多葛派提醒我们生命是短暂和脆弱的，这将促进一种良好的生活方式。至少斯多葛派是这么认为的：承认自己的死亡可以产生伦理上的约束作用。当你明白自己根本没有时间再在世界上进行各种活动时，你会在自己活着的时候更努力地做一个好人。

但是这一定是真的吗？人们也可能担心，对死亡的认识可能会导致一种短视的人生哲学，其倾向是："反正如果我将会很快死去，我何不自私地行事呢？"也许这就是信心的来源？只有当有限性与一种信仰有关时，它才在道德上受到约束，即有值得为之而活的东西，或者值得信仰的东西。仅仅知道自己将会死亡是不够的，你还必须为某个东西而活，关心某个东西，对某个东西有信仰。"记住，你将会死亡！"这句话必须辅以："记住，你应该活着！"但是，为了活着，你必须信仰什么呢？

这是克里奇利对主流的存在主义哲学进行修正的地方，顺便说一句，这是非常重要的，所以得先说几句：存在主义诞生于19世纪克尔凯郭尔的思想，并且在20世纪被海德格尔、让－保罗·萨特（尤其是萨特）世俗化了，也就是说，存在主义被弄成一种意志哲学。对萨特来说，所有的价值之所以最终有价值，完全是因为个体选择了它们。我们之前读到过弗兰克尔是如何在这一点上批判存在主义的。弗兰克尔坚持认为，生活中的重要价值是被发现的，而非被选择的。

萨特有一个著名的例子可以说明这一点：在他的那本小书《存在主义是人道主义》中，萨特讲述了他与一个年轻人的会面，这个年轻人在"二战"期间来向这位哲学家寻求一些建议：这个年轻人应该离开他生病的母亲，加入计划在法国与纳粹作战的自由法国部队（这可能导致他母亲死亡）呢，还是应该放弃与占领军斗争并且留在他母亲身边？萨特故意闪烁其词，因为他觉得无法给这个年轻人任何建议。根据萨特的说法，这个人不得不做出一个不可理喻的"激进的选择"。因此，年轻人不仅要选择一个或者另一个——母亲或者祖国——而且还要选择一套能够给一个或者另一个行动带来价值的价值观。因此，这是一个激进的选择。而这正是萨特的存在主义普遍看待价值的方式：由个体在根本上选择。而对我们的有限性的认识可能会促使我们做出这样的选择，并为之负责，然而，这对选择情况下的对与错没有什么帮助。

但是，在他对这个年轻人的回避中，萨特是否忽略了这样一个事实，即这种情况之所以呈现出两难境地，只是因为存在着一些价值（照顾近亲与保卫国家），而这些价值恰恰不是由这个人自己通过"激进的选择"创造的。这些价值不能简单地由人选择开启或者关闭，因为它们有助于决定他是谁。如果它们可以自由选择，这个人可以简单地宣布其中一个价值没有价值，那么这个难题就会得到解决。但是他做不到，因为他已经认识到（而不是选择）这两种价值都是有价值的。这就是为什么这种情况包含着一个伦理困境：人们面临两种价值的冲突，这两种价值都无法同时实现，所以必须在A和B之间做出选择。但是在A和B之间做出的选择是否重要，根本不是选择的结果，与之相反，是存在主义的结果，是伦理发现的结果。

回到克里奇利，因为他随后会补充说，这种发现通常发生在当我们认识到自己所爱的人必死之时，而非我们认识到自己的必死性之时。恰恰是在面对生病的母亲时，当然也是在他想到自己的同胞和纳粹占领他的祖国时，萨特笔下这个年轻人的选择才会显露出来。

克里奇利认为，最终是我们与他人的关系，以及认识到这些关系的脆弱性，构成了信仰和道德的基础。克里奇利认为，正是对他人的逝去和伴随而来的悲伤，塑造了我们作为人的形象，并且赋予我们人生中那些重要的价值。

正如克里奇利所说，当我们爱的人去世时，我们被置于一个"激进的不可捉摸"的境地。即发生了一些我们无法控制的事情。你无法乞求对方不死。一个人感受到的悲伤侵入并且构建了自己的人生，然而他无能为力。因此，悲伤告诉我们，我们永远无法完全掌握人生，也无法成为完全真实的人，然而，我们将注定永远是一个小小的旁观者，因为我们依赖的他人最终会在某个时刻消失，使我们在存在上无能为力。

然而，与此同时，正是我们的无能，作为一种基本的存在的脆弱性，创造了人际生活中的伦理要求。克里奇利不太可能对今天关于人类有韧性和能够自我导向的陈词滥调有多少耐心，因为他认为我们首先是脆弱的、易碎的和有缺陷的。正如他所说，他所有的哲学英雄（他提到了列维纳斯、布朗肖和贝克特）的特点是，他们认为人是无能的。人首先是一种无能的存在。在海德格尔和存在主义的哲学传统中，人是一种有能力的存在，他有可能提出存在的问题，选择并坚决地采取行动。克尔凯郭尔认为，你必须选择自己。这一传统下的几乎所有其他思想家都认为，人都被定义为一种有意志、有作为、有能力的存在。此外，在现代的自我发展文化中，人非常认同自己的意志、动机和激情，必须创造自己的人生和自我，成为打造自己成功的铁匠。

克里奇利反对所有这样的表现。人是一种伦理的存在，因为他必然要面对自己负有责任的其他人，因此在与别人的接触中不断面临伦理要求。从洛克斯特拉普和国际上更知名的哲学家伊曼努尔·列维纳斯那里，克里奇利得到了这样一个观点，即这一主张和由此产生的伦理学是无法实现的。人的定义是他承诺完成一个无法实现的要求，因此，人总是做得不够的。

在克里奇利看来，这也许是人类状况的最根本的方面。人不能纯粹由他能做什么决定——就像存在主义者的极端做法那样——而且由他不能做什么决定。因此，信仰是重要的，包括对一种值得遵循的伦理规范仍然有信仰，即使它的要求永远不能实现。这也是人无能为力的一种表现。如果一个人有宗教信仰，他可以说伦理主张以及对另一个人的所有责任——是神圣的，甚至也许是神或者至少可以解释为是神创造的。这将是洛格斯特鲁普的解释。然而，人们也可以像克里奇利那样说，这种主张本身可以成为无信仰者的信仰。相信在一个暴力的、不公正的和荒谬的世界中，有可能出现善。

安德烈跨上了火车。这次旅行将要结束了，这让他有些难过，但是他很期待见到母亲和安娜。他想问安娜这个问题，因为事实上，人是由像悲伤这样的情感来定义的，这种情感告诉他这是无能为力的，而且他相信一个人应该尽自己最大的努力去帮助别人。

他坐在窗边自己最喜欢的位置上，当火车启动时，他想知道这是否真的是一种沉重的负担——在人生中存在着一种永远无法满足的伦理主张。还是这种伦理主张是一种解脱？他感觉事情也许没有那么简单。实际上，这也许是同时发生的，但是，这也许是人生中的一种解脱，因为他发现这一点并不完全取决于自己。如果这是某种信仰的表达——这并不完全取决于你。那么他是一个信徒吗？他想知道母亲会说什么，如果他考虑问母亲这件事的话。

※

他在座位上睡着了,头靠在车厢壁上,手机铃声惊醒了他。这铃声既不是来自视频电话,也不是来自短信,而是来自一台老式的手机,他可以看到是母亲打来的。他一边揉着眼睛,一边拿着它。

"小宝贝,"她声泪俱下地说,"你奶奶今天早上去世了。安娜已经去世了。"她一边吸着鼻子,一边说着话,尽管呼吸很粗重,但是他可以听到她努力地缓慢而清晰地说话。安德烈一直在害怕这种电话,他经常想知道自己将如何反应。他会不会开始尖叫?还是内心完全黑暗?现在他接到了这个电话,居然出奇地平静。仿佛他同时从外面和里面看着自己,感觉完全不真实。

"哦,不,"他听到自己说,"怎么会这样?你现在在哪里?"

"我在她的临终关怀医院里,安德烈,她死时我和她在一起。她昨晚非常痛苦,整个晚上医生都在增加她的吗啡剂量,这也许就是她最终的死因。但是那样的话,一切都很平静,慢慢过渡到永恒。她去世时没有一丝痛苦。"

然后他开始哭起来。火车上的其他几个乘客同情地看着他,他起身去了洗手间,同时电话里继续传来他母亲的声音。他坐在马桶座上，任泪水流淌。

"小宝贝，你是如此悲伤，"她母亲舒缓的声音传来，"她得到了平静，这是件好事。"

"我非常想和她说再见。"安德烈说。

"不管怎样，你得跟她说再见了。"她回答。

"我要告诉你：不要一路坐火车回家，而是换乘一列直达哥本哈根的火车。我查一下旅行计划，然后过一会儿再给你打电话。一切都会好起来的。我将在哥本哈根中央车站接你。"

"谢谢，妈妈。"他说。他不记得他的母亲以前曾如此精力充沛，同时又充满爱心。或者也许他只是倾向于忽略她？他在洗手间里独自坐了几分钟，想自己也许本该对母亲更加敞开心扉。她已经够好了。她是一位好母亲。现在他将要去哥本哈根看安娜。前往哥本哈根的旅程以一种奇怪的、梦幻般的节奏进行着。

※

安德烈时而听着火车的声音，看着窗外，时而阅读

《何以为人？》的最后几段。这有点像以前，他让自己的身体沉浸在火车的运动和声音中，然而一切都变了。他原以为不可能专心致志地阅读，但是实际上，让眼睛在文稿页面上滑行的感觉很好，而他几乎能在自己脑海中感觉到奶奶的存在。他将再也无法和她说话了，但是这几年他们已经谈了太多次，他总能就自己内心的想法向她提问。她活在他的思想和记忆里，活在他关注的和感兴趣的事情里。

仿佛安娜给了他一副眼镜，让他戴上它们看世界。而这副眼镜可以增强颜色和声音，所以它们更加有趣。绘画作为激动人心的工艺品出现，树木和灌木成为具有悠久而深厚的自然历史的充满活力的有机体。他突然意识到，他从奶奶那里学到的最重要的东西是这类关注。他在文稿中读到，爱可以被认为是一种关注的形式。他翻开这一页，读到了关于一个叫艾丽丝·默多克的哲学家的段落，他一直活到最近。

"爱是个体的感知。爱是一种极其艰难的认识，即一个人自己以外的另一个事物才是真实的。爱，就像艺术和道德一样，是去发现现实。"默多克认为。那么，爱是关注超出自己之外的某个事物。这也意味着，一个人不可能在严格意义上爱自己——也就是说，爱是与除自己之外的另一个事物真实地联系在一起。正如默多克所描述的那样，关注和爱不仅与他人有关，还与知识有关。

例如，如果我学习俄语，我面对的是一个要求我尊重的权威性的结构。任务是困难的，目标是遥远的，可能永远无法实现。我的工作是不断揭开独立于我而存在的东西。对现实的知识会给这种关注带来回报。对俄语的爱引导我离开自己，走向对我来说陌生的东西；对于这个东西，我的意识无法接管、吞噬、否认或者使之不真实。

远离自我与爱有关：让自己关注的东西按照你自己的方式成为另一个东西，不想"接管、吞下、拒绝或者让它不真实"。默多克认为，只有当一个人接受自己以外的世界的现实时，爱才是可能的，这需要诚实和谦逊。

"那是安娜的话。" 安德烈想。他突然意识到，这正是她在教育之旅中想要教给他的。为了获得对世界的爱。在某种程度上，整个旅行是关于爱的，也许也是关于信仰的，而安娜从未以这种方式直接谈论过形而上的事物。现在，它一定也是关于悲伤的，因为她已经去世了。安德烈翻开手稿，寻找"哲理人"一章中关于悲伤的段落。

悲伤可以说是我们有历史证据的最古老的人类情感。考古学发现甚至表明，尼安德特人在 60000 多年前就有仪式性的埋葬习俗，这表明他们对待死者的态度是谨慎和尊重的——也许是因为他们哀悼的方式与我们——智人的方式基本相同。此后，所有已知的人类文化都有处理死者的方法，这些方法清楚地标明，死去的人的身体不仅仅是一个死的事物，被视为废物或者落叶粉碎并处理，死人具有某种尊严。

在一本关于雕像的书中，哲学家米歇尔·塞雷斯认为，人类社会首先会象征性地使用他广泛称为雕像的符号来给死亡做标记。人类文化和文明一直致力于为死者建造纪念碑和坟墓。在丹麦，墓地仍然是景观中的特征——在这个国家有超过 25000 个石器时代、青铜时代和铁器时代的受保护的墓地——在世界其他地方有陵墓和金字塔，在某些文化背景下，它们一直是整个文明的经济和社会生活的焦点。

尽管这种对死亡意义的可见证据并不直接涉及悲伤，但是它们可能是间接的，因为悲伤是个体与死者之间的心理联系，而纪念馆代表了社会与死者之间的集体联系，然而，在个体与集体之间没有任何明确的界限。对于幸存者来说，即使是丹麦公墓里的一块不起眼的墓碑，也是一种关于一个人的生与死的物质标记，它们借助一种古老的文化习俗来展示死者安息的地方。

金字塔和墓冢，更不用说守卫中国秦始皇遗体的近万个兵马俑。同样地，现代社会的墓碑和纪念碑主要是为了帮助死者家属继续其悲伤的生活。所有社会都需要构建祖先，以创造一条与过去的连接线，为生者提供自我理解和归属感。在悲伤中，有一种重要的心理结构可以编织这种连接线，因此，正如社会学家托尼·沃尔特认为的那样，"悲伤是社会本身构成的基础"，这是真的。

所有的社会和文化都必须编织一条连接过去、现在和未来的线。它们都必须努力争取某种超越，也就是对死亡状况的超越，以便在未来继续存在。这就是为什么悲伤对人类社会如此重要，因为它是超越的保证——正是通过悲伤对逝者人生的记忆，创造了代际延续。任何认为为了悲伤而标记损失和死亡十分重要的理念，都可以被称为信仰的表现。这也是关于爱的信念，也就是爱可以不顾死亡地持续下去。

它不仅仅适用于社会和群体的持续存在，在更普遍的人际关系中也是如此。我们在人生中既能意识到自己的死亡，又能意识到有一天别人将会在我们面前死亡，从而使悲伤成为生活的基调。在日常生活中，悲伤不是一个被谈论得很多的东西，然而，悲伤也许是人类的一种基本情绪。这种重要的情感，与情感人一章中描述的焦虑、罪恶感和羞耻一样，是人类的基本情感。在诗集《动摇的镜子》中，索伦·乌利克·汤姆森这样写道：

  即使是蹒跚学步的孩子也在梦想

  他们庞大而模糊的过去

  充满了气味，模糊的身影

  倒映在漆面地板上

即使是老人也会感到失落

当他们坐在那里凝视着

公共墓地时，突然想起

他们失去了自己的父母

    对一个人来说，他在爱中与他人联系，这既是礼物，又是诅咒，悲伤是其一生的伴侣。我们人就是这样。尽管在我们这个以积极和幸福为中心的时代，生活的悲伤和忧郁的基调已经变得相当不合时宜，然而，我们有理由沉浸在这种基调里，因为它体现了深刻的人性。如果我们想要理解一个人基本上是一个存在，就必须包括理解存在的这一面。

    一些人类学家和社会学家认为，人类对死亡的认知以及与死亡的关系是教育和维持人类社会的重要基础。例如，社会学家克莱夫·西尔写道，所有的社会和文化生活最终都是"人类在遭遇死亡时的一种建构"，这就是为什么所有的社会生活也是"对承认我们的身体性所产生的'悲伤'的一种防御"。我们是凡人，因为我们是会灭亡的具有实体的存在。这构成了我们在这个世界上的临时性，然而，世界各地的人都创造了超越这种内在性的方法。有时甚至是以延伸几千年甚至几万年后的方式。再想一想拉斯科的洞窟壁画吧！

安德烈这样做了。他想起了拉斯科的洞窟壁画。他是应安娜的要求去的，他知道她喜欢这些古老的艺术作品。现在他也开始关心它们，这本身就是手稿所说的代际延续的一个例子。他决定尽一切努力来保存这样的记忆。这可能意味着安娜可以在他身上继续生存。她已经留下了自己的标记。也许这比将大脑和意识以数字云的形式上传到加州某处的硬盘上更好，超人类主义者不就是在为后者努力吗？

※

安德烈在弗雷德里西亚换了火车，经过长途旅行到达了哥本哈根。当丹麦国家铁路的火车驶入中央车站时，他的身体感到很疲惫，但是他的头脑是完全清醒的。当他在站台上看见母亲时,他的心为之雀跃,他拿起背包跑向她。他们拥抱了很长时间,直到所有乘客都下了火车后,他们才松开拥抱。

"欢迎回家,安德烈。"母亲一边说,一边拂去她脸颊上的一滴眼泪,"你的这次旅行愉快吗?"

"这是一次奇异的旅行。"安德烈回答说,然后他们俩都开始破涕为笑,因为在真人模仿秀节目的参赛者在第二集被选回家时,这是他们总是开玩笑时使用的表达方式,那些参赛者已经经历了一次"奇异的旅行"。

他们静静地走向蒂沃利花园,叫了一辆出租车,将他们带到圣路加临终关怀医院,安娜就躺在那里。安德烈以前从未接触过死人,但是现在他抚摸着她的手,在她冰冷的额头上亲吻了一下。这让他感觉很奇怪。这是安娜,却又不是安娜。这是安娜,却没有灵魂,他想到了亚里士多德的话,活着的身体是灵魂的形式。

"你在说什么?"一直站在他身后的母亲问道。

"我想我说的是'活着的身体的形式'。"安德烈回答,他意识到自己一直在嘟囔,"这是希腊哲学中关于灵魂的一个理念。"

"是的,你奶奶喜欢这一切。她是一个非常特别的人。你看起来很像她,安德烈。"

他们再次拥抱在一起,站了几分钟,他们和安娜一样完全平静下来。

之后他们去了安娜的房间。它将很快被清理干净,因为有一个新的房客想租下这个房间。"你应该看看这里,"母亲说,"有一个给你的信封,安娜写了一些东西给你。"

安德烈接过信封,上面只写着"致安德烈",他打开了它。里面是安娜的一封信,上面有她的签名,签名写得歪歪扭扭,其余的文字是用电脑写的,而且打印了出来。上面写着:

亲爱的安德烈!

我本想告诉你的东西是如此之多,我想将你捧在手心,看着你的眼睛!但是我不知道该怎么办。恐怕我必须在你能看到我的眼睛之前,最后一次闭上我的眼睛。我没有什么力气,但是我还可以在电脑上写一点东西。

我的人生中发生过两件大事。我现在才明白,第一件大事,是我生下了你的父亲。第二件大事,是你的出生。

恐怕我是个糟糕的母亲,你出生后不久,我就与你父亲失去了联系。这是我人生中的一大悲伤。当他离开你母亲去美国的时候,我是如此生气,以至于毁了我和你父亲的关系。我埋头工作,在自己的领域里变得既有钱又出名,但是我几乎在纯粹的绝望中工作,这种绝望只有在我与你接触以后才开始消失。在过去的许多年里,你一直是我人生中最重要的人。谢谢你!谢谢你与我交谈,并且你愿意与我一起旅行。不幸的是,我没有参加这次教育之旅,但是我仍然觉得我们在一起旅行。

我希望你有一次美好的旅行!而且我希望你对这个世界有所了解。你也许也从阅读《何以为人?》的文稿中学到了一点东西。是的,它是我写的!当然,你猜对了。几年来,我一直在利用业余时间写这本书,阅读各种有关人类的科学和哲学文本,使我越来越不信任我们通过冥想星进行的项目。我越来越相信,我们应该努力保护人类,而非通过药丸和其他的人工优化来超越人类。成为人就是要受制于某些状况,我们应该考虑这一点。即使其中一个状况是,我们不断地试图超越我们的状况。瞧,安德烈,你看:人是一个悖论!

虽然我在文稿上已经耕耘了很久，但是它还没有完成。我如此想要以任何读者都能理解的方式来写——尤其是年轻人能理解！我希望能有更多的人了解我。你必须了解人的天性，以确保它不会消失！毕竟，人是一个值得留存的物种。安德烈，我希望你能在文稿上下功夫，并且将它续写完成！你可以根据自己的意愿补充、拓展或者缩短文本。也许你可以使它对年青一代来说更有可读性，并且以你自己的经验来增添趣味。你也可以加入更多的图片，比如说你在旅行中看到的一些名胜和作品。

　　如果你不愿意，那也没关系。人们不能强迫任何人成为一个作家。所以，只要将文稿放在一个纸箱里，你的孩子也许会找到它，并了解他们的曾奶奶对人的看法！反正，我不会发现你如何处理这个文稿，但是你一定知道，我要将它完全交给你！你也会继承一些钱，实际上相当多。毕竟，重要的是你可以继续环游，开阔视野，然而，这不是免费的！也许你也想去拜访你在英国的朋友吧？

　　无论你决定做什么，我都相信你做的是对的。不要为我太过于悲伤。我曾经有过如此美好的生活，尽管生活中也有惊涛骇浪。"别哭得梨花带雨，你这绿色的凤尾鱼，好在你的木腿还能发挥作用！"是的，这是一派胡言，但是请你审视一下过往，然后继续你的人生，你这个可爱的男孩！

爱你的奶奶

简而言之，是安娜。这些话既有趣又严肃。她就是作者！真不敢相信，他一直没想明白这一点！她以为他已经明白了，但是他没有。"奶奶写了一本书。"他告诉母亲。

"是的，我想她曾经写过几篇科学论文。"她回答。

"不，我的意思是，她写了这份没有出版的文稿，我在旅行中一直在阅读它。她希望我将它续写完成，并且出版它。"

"听起来很棒，安德烈。"

※

葬礼上有很多人。有很多人似乎像商人，但是也有很多人似乎像学究。商业与科学的结合。但是和奶奶很亲密的朋友不多。

安德烈试图跟着第一首赞美诗唱下去，然而，悲伤的感觉在他的喉咙里凝结成块，他无法将音符唱出来。然后在所有的歌唱过程中，他只是坐在那里，盯着面前的棺材。牧师谈到了与死去的人保持持久联系的重要性。他说，当你所爱的人去世时，爱并没有消失。这将是无家可归的一段时间，但是你可以通过谈论她、思考她、看照片和传家宝之类的东西，做很多事情来继续保持与死者之间的联系。

安德烈想道，他继承了安娜写的文稿，这是多么美妙的事情。而且，他甚至被允许继续写下去。现在他不知道将如何去做，但是他知道，这既是一份礼物，也是一个他想承担的任务。他已经觉得，安娜通过这种塑造他的方式，在他身上延续了下来。他现在是一个与旅行之前不一样的人了。而且是一个与他和奶奶接触之前完全不同的人！但是，正如她多次告诉他的那样，成为别人的方式实际上往往也是成为自己的方式。或者干脆成为一个人，正如她的文稿中反复提到的那样。

在教堂的仪式结束后，附近的一家咖啡馆可以提供咖啡。他们从教堂去往咖啡馆。在从教堂出来的路上，安德烈发现弗雷德里克来了。自从在佛罗伦萨的那几天后，他就再也没有见过弗雷德里克，他对弗雷德里克的到来既惊讶又高兴。

"我在报纸上看到了讣告。"弗雷德里克说，"是的，嗯，是我父母发现的，我还在……讣告上看到了你奶奶的生平，她真是个了不起的人！"

安德烈多次向他表示感谢，他们将再次见面。弗雷德里克似乎相当诚恳。他想和安德烈在一起待着！安德烈感到自己的心因喜悦而跳动了一下，几乎就像他想到莎莉时那样。

然而，弗雷德里克必须继续工作，不能到咖啡馆来，所以安德烈来到他母亲身边安静地坐着。他不太喜欢与很多不认识的人打招呼，所以在他母亲身边喝了一杯咖啡后，就去洗手间坐了下来。他带着手机，于是给莎莉打电话，莎莉立刻接了。自从他们在柏林机场告别后，他们几乎每天都在交谈，她知道今天将是安娜下葬的日子。

"啊，安德烈，你好吗？"她立即问道。

"我很好。安娜有一个庞大的朋友圈，他们中的许多人都在这里，但是我不认识他们中的任何一个人。嗯，当然我认识自己的母亲。"

"那你的父亲呢？没有一点关于你母亲试图追踪他的事情吗？"

"是的，但是他不在这里。我没有他的消息。他母亲现在已经去世了，我想让他知道。我想找到他。也许在高中毕业后？"

"也许我们能够在明年夏天去美国旅行，就像电视剧中一样！在丹麦不是有这种节目吗，在那里你可以寻找失踪的家庭成员。"

"是的，"安德烈咧嘴一笑，他看到自己将如何与丹麦电台一起环游。

"我本想今天和你在一起，"莎莉说，"不过我们一个月以后见吧。"

他们将在秋季假期再次见面。莎莉会到丹麦来。他们讨论了很多，他是否应该去伦敦，他真正想要的是什么，或者她是否应该来丹麦。他们最后抽签决定，结果是莎莉来丹麦。安德烈在家里几乎没有任何访客，无论是同学还是邻居。他是形单影只的。当然，他欢迎莎莉来看他！而且，她没有试图安慰他，这是多么好的事情。其他人也曾试图安慰过他，但是当有人说一切都将好起来的时候，那种话似乎太过于空洞了。那种话不可能有安慰的效果——安娜已经去世了！而莎莉只是听他说，陪着他，像他的母亲一样。他有她们，这是件好事。

※

晚上，他将在安娜的公寓里与母亲一起过夜。她在卧室，而他在客房。客房里摆满了各种镶框的照片。他认出了一些文艺复兴时期的艺术品，但是也认出了更多的现代绘画，包括自然主义的和抽象主义的。他以前有很多次在墙上看到过这些照片，但是，也许他从来没有真正看过它们和研究它们。他现在这样做了，他的目光落在一幅画上，上面画的是一朵花、一个人的头骨和一只沙漏。

他在网上搜索到，这是菲利普·德·尚佩涅在1671年左右创作的《带头骨的静物》的复制品。安德烈在网上读到，这是所谓的劝世静物画流派的一个分支，其目的是要提醒观众人生苦短。罗马人说："记住，你将会死亡！"头骨被放在画面中间，用其空洞的眼窝直接盯着观众。右边是一个沙漏，细小的沙粒在那里流下来。时间流逝，所有的生物都必须死亡。但是在左边也画了象征希望和美丽的郁金香。乍一看，它代表着五彩斑斓的人生，然而可惜的是，这朵花也是易逝的，安德烈可以读出这一点，也许比人们最初想象得还要强烈，因为它刚刚被摘下，放在一个小水瓶里。它依赖于借来的时间。这位画家展示了美、时间和死亡。

安德烈拿出一个垫子，坐了下来。他开始写下自己读到的一些概念："内在与超越。人在时间中、在历史中注定要死亡，就像所有生物一样。花、头骨和沙漏象征着内在和易腐。但是与此同时，这些象征物大约是在350年前画的，我现在正在看它们。我看到了画家德·尚佩涅想给我看的东西，尽管他很早就去世了。所以，这一定就是超越。这个人将永远超越自己，超越自己的时代，朝向下一代，也许朝向永恒。它并没有消解死亡，而是让我们与那些曾经生活过的人和那些尚未出生的人有了交流。"

他拿出了自己的笔记本和笔记本电脑。他仿佛能在自己内心的凝视中看到一些关键的概念。各种人之面向作为一种发光的线出现了，他能够将它们绑在一起，然后他开始记下、写下和画下小小的模型。他失去了自己的奶奶，是的，但是他获得了对人生的热情以及人生使命。这对他来说变得越来越清晰。他也渐渐爱上了莎莉和自己的母亲。当然，他一直对他的母亲有这种感觉，但是现在他强烈地感受到了这一点，并且感谢自己人生中拥有的人。

"作为人，我们的人生故事与许多其他人的故事交织在一起。当然，是活着的人的故事。那些对我们有意义的人，使我们成为我们所是的人。还有逝去之人的故事。那些创造了我们的语言、文化、神话和知识的人。没有人单独写他的故事。其中大部分是由我们的生物物种本性、我们全人类共有的东西、我们的情感人生与社会性赋予的。但是，每个人都必须在人类故事的合唱中找到自己的声音。这就是你成为你自己的方式：通过成为人。"

安德烈读了读自己写的东西，开始微笑起来。他也哭了一会儿，他第一次在这个地方感到如此有家的味道，这里有艺术品和书籍，而且母亲就在隔壁的卧室。他期待回到学校，期待莎莉的来访，期待结交朋友。他还期待将《何以为人？》这份文稿续写完成。

后　记

在这本书中，我试图提出看待人的一些视角——一些人的面向——它们共同构成了一种哲学人类学，也就是说，关于人作为一种存在的基本学说。我将一个非小说文本放在小说的框架中，为的是讲述和展示一些现象和结构，在我看来，这些现象和结构是人的特征。我希望虚构的叙述能鼓励读者进一步钻研非虚构的手稿，当然，其中包含了对科学家、哲学家和艺术家的大量引用。

我试图在后记中对自己在这本书中的项目进行描述，对我来说，这是一个将哲学人类学的碎片汇集在一起的问题，这些碎片分散在我最近用丹麦语写的书中：Stå firm（《站稳脚跟》）、Ståsteder（《立场》）、Gå glip（《错失》）和 Det sørgende dyr（《悲伤的动物》）。因此，我也允许自己在那些非虚构元素中再次使用这些书中的材料。

当然，要由读者来评估我试图发展的哲学人类学的有效性，但是在我自己看来，这个项目是关于在本质主义和存在主义之间找到平衡。

本质主义是一种关于人类的思想，它认为我们是由一个特定的关键特征来定义的。这可能是一种生物本质主义，比如说，我们的基因组或者大脑决定了什么是人，也可能是一种宗教本质主义，它指出，不朽的灵魂是人类的本质。在任何情况下，本质主义都是基于这样的前提：人身上有一些特定的东西，这些东西在所有的时间和地点都是赋予的，对人生是必不可少的。

另外，存在主义的观点是，赋予我们的那些东西，不如我们做出的选择和创造的价值重要。萨特对存在主义的经典表述强调，存在先于本质。也就是说，人可以通过自己的行为创造自己。神或者人性无法决定人生，人生最初是荒谬的、没有意义的，但是可以通过个体的自由选择赋予人生内容。

在本质主义中，人通常被视为一种可以理解塑造人生的给定条件的存在。一方面，人生是一份礼物，我们无法创造它，我们必须接受和关心自己的人生。另一方面，在存在主义中，人被视为一种误解。在存在主义这里，人可以自由地创造自己，因此他和世界在本质上也是空洞的，这就是为什么存在主义者如此经常地被卷入虚无中。

我认为，这两种立场在这里都是对的，但是它们的纯形式是有问题的。一方面，我们不能只由赋予的东西定义；另一方面，我们也不能只由我们的自由选择定义。但是这两种立场也都包含一些真理，在整本书中，我试图论证确实有一些东西是赋予人的，对人来说是必不可少的。这些是我们的重要特征，它们同时涉及生物学、理性、情感、社会性和超越，当然，这些领域之间无法明确划分。本质主义在这方面是正确的，但是请注意，我的本质主义是多方面的或者多元的，因为没有一种，而且不能只有一种东西使我们成为人。相反，我们被赋予一些相互关联的品质，而且我们应该对其采取立场。我也（可能不那么公开地）试图争辩说，我们的选择、责任，尤其是我们可以与自己如何联系的事实（想想克尔凯郭尔对自我的定义），使我们成为人。在这方面，存在主义是正确的。

因此，本质主义和存在主义之间的立场是基于这样一个事实，即人是一个由他如何与赋予的东西相联系来定义的存在。有些东西是赋予的（如本质主义），但是它没有赋予我们的是如何与它产生联系（如存在主义）。是的，人生是一份礼物，但是从生活条件的角度来看待这份礼物的话，它是一项没有明确配方的任务。

我不知道该如何称呼这种中间立场——人生既是礼物又是任务——但是我们可以称它为，例如，存在哲学，因为它涉及人生的基本（给定）特征，有时被称为存在主义（例如，海德格尔）。根据这样的存在哲学，我们不是自己创造人生，而是帮助自己决定人生，我们如何与被创造的东西和赋予我们的东西产生联系。赋予我们的东西之一，恰恰是我们无法避免处理自己和人的状况。这也是责任所在，乔纳斯和洛格斯特鲁普等哲学家如此强烈地强调这一点：对你拥有权力的东西负责，你根本无法做出选择，因为它在我们能够做出选择之前就在那里。

我的基本想法是，这种责任和其他既定的人生条件，构成了一种必须通过教育才能理解和管理的存在主义视野。这不是靠自己完成的，而是通过参与家庭、学校和其他社会机构的教育和教育环境来完成的。因此，这本书的基本主张是，在如今所谓的自我发展之前，必须先展开对全人类共有的教育。全人类共有的教育的希腊名称是 paideia，指的是作为一个人必须获得的一系列的身体、心理和文化方面的能力和品质。因此，普遍的和共同的东西优先于个体的和个人的东西。作为一个独特的个体，"实现你自己"是可以的，但是如果以牺牲普遍的价值和义务为代价的话，那就不行了，因为伦理也是来源于此。

"认识你自己"被写在古希腊特尔菲的阿波罗神庙上方，今天许多人将它理解为对个体自我发现、自我发展和自我实现的呼吁。我认为它最初的意思是，在你进入寺庙之前，你应该了解自己的普通人身份——你是其他凡人中的一员。我在书中试图表达的想法是，将人当成普遍去实现。而且正如克尔凯郭尔所说，伦理也坚持要实现普遍。有一种伦理可以在这本书所描述的人性中找到，那就是人性也包括一个人与别人是平等的。承认所有的人生而平等，这并不意味着所有的人都同样聪明、同样有才干或者同样有创造力，而只是意味着所有的人在尊严和价值上都是平等的。这是人文主义的基本思想，我们自古以来就知道这种思想，它在文艺复兴和启蒙运动中日益强大，在我们正在进入的所谓后人类时代，我们必须保存和重新解释这种思想。我们必须在这里继续问人是什么的问题。如果可以原谅我最后提出一个请求的话，那就是我们应该少一点对自我的专注，多一点对人类的关注。

重要人物检索

赫拉克利特（前544—前483）：古希腊哲学家，他相信"万物处于不断的变化之中"，以"人不能两次踏入同一条河流"等格言闻名，是辩证法的创始人和奠基人。

巴门尼德（约前515—前470）：古希腊哲学家，前苏格拉底哲学家中最具代表性的一位，是爱利亚学派的实际创始人。巴门尼德认为，世界从根本上来说是牢固的且不可改变的，这就是为什么变化只是表面的。

苏格拉底（前469—前399）：古希腊哲学家，他曾在雅典与许多智者辩论哲学问题，被认为是当时最有智慧的人。他没有写下自己的著作，我们现在只能在柏拉图记录的许多对话中还原他的思想。

柏拉图（前428—前348）：古希腊哲学家，被认为是有史以来的最重要的哲学家之一。他认为世界由永恒不变的理念组成。

第欧根尼（前412—前323）：古希腊哲学家，属于犬儒学派，崇尚简单的禁欲主义生活。

亚里士多德（前384—前322）：古希腊哲学家，柏拉图学园的学生，后来发展了关于人与自然的哲学。

克拉特斯（前365—前285）：古希腊哲学家，第欧根尼的学生，将犬儒主义与斯多葛主义联系在一起。

芝诺（前334—前262）：塞浦路斯哲学家和斯多亚学派创始人。克拉特斯的学生。他认为人应该与宇宙的大方向相协调，才能最终实现个人目标。

亚历山大大帝（前356—前323）：世界史中公认的军事天才，曾受教于亚里士多德，以能征善战而闻名。

欧几里得（前325—前265）：古希腊数学家，发展了几何学。

马尔库斯·图利乌斯·西塞罗（前106—前43）：古罗马政治家、作家、哲学家，善于雄辩。被认为是古希腊四大哲学学派之一的斯多葛学派代表人物。

吕齐乌斯·安涅·塞涅卡（前4—65）：古罗马政治家、斯多葛派哲学家，著有《道德书简》和《自然问题》。

埃皮克提特（55—135）：古希腊哲学家，曾是一名奴隶，后被释放。属于斯多葛派后期代表人物。

马库斯·奥勒留（121—180）：罗马帝国五贤帝时代最后一位皇帝，同时也是一位哲学家，著有《沉思录》传世。

但丁·阿利吉耶里（1265—1321）：意大利中世纪诗人，欧洲文艺复兴时代的开拓者。著有史诗巨作《神曲》。与彼特拉克、薄伽丘并称"文艺复兴三巨头"。

多纳泰罗（1386—1466）：文艺复兴时期的意大利雕塑家，以雕塑《大卫》闻名。

马萨乔（1401—1428）：文艺复兴时期的意大利画家，是第一位使用透视法的画家。

多纳托·布拉曼特（1444—1514）：意大利建筑师，对于文艺复兴时期意大利建筑有着极为深远的影响。

桑德罗·波提切利（1445—1510）：文艺复兴时期的意大利画家，以《维纳斯的诞生》和《春天》闻名。

克里斯托弗·哥伦布（1451—1506）：意大利裔探险家，1492年任美洲探险队队长，大航海时代的主要人物之一，是地理大发现的先驱者。

列奥纳多·达·芬奇（1452—1519）：意大利画家、雕塑家、自然科学家、工程师，是一个全能型天才。与米开朗基罗、拉斐尔并称"文艺复兴三杰"。

鹿特丹的伊拉斯谟（1466—1536）：荷兰神学家、哲学家，文艺复兴时期在北欧发展了人文主义。

尼古拉·哥白尼（1473—1543）：波兰天文学家，以对日心说的描述而闻名。

米开朗基罗·博纳罗蒂（1475—1564）：意大利画家、雕塑家，代表作有《大卫》《创世纪》等。

拉斐尔·桑西（1483—1520）：意大利画家、建筑师，以《雅典学派》等作品闻名。

米歇尔·德·蒙田（1533—1592）：法国作家，文艺复兴时期的人文主义者之一。他是散文这一文学体裁的创始人，有《随笔集》三卷留名后世。

伽利略·伽利雷（1564—1642）：意大利物理学家、天文学家、工程师，欧洲近代自然科学的创始人。

托马斯·霍布斯（1588—1679）：英国哲学家，他提出"自然状态"和国家起源说，著有《利维坦》。

勒内·笛卡尔（1596—1650）：法国哲学家、数学家、物理学家。他于 1637 年发明了现代数学基础工具之一的坐标系，被称为解析几何之父。笛卡尔还是西方现代哲学思想的奠基人之一,最著名的就是那句"我思故我在"。

菲利普·德·尚佩涅(1602—1674):比利时裔法国画家,以肖像画作闻名。

艾萨克·牛顿(1643—1727):英国皇家学会会长,英国著名的物理学家、数学家,百科全书式的全才。他发展了一套基于力学角度看待宇宙的物理理论,对重力的描述是其最著名的成就。

大卫·休谟(1711—1776):苏格兰的经验主义学派哲学家、经济学家、历史学家,他将认知视为经验的来源。

伊曼努尔·康德(1724—1804):德国哲学家,被认为是继苏格拉底、柏拉图和亚里士多德后,西方最具影响力的思想家之一。他从一个所谓的先验哲学的起点来分析认知和伦理,追问某种事物存在的可能性。

杰里米·边沁(1748—1832):英国法理学家、哲学家、经济学家,功利主义创始人。功利主义认为正确的行动可以使尽可能多的人获得最大的幸福。

G. W. F. 黑格尔(1770—1831):德国19世纪唯心主义哲学的代表人物之一。他发展了一个辩证的哲学体系,这个体系认为,历史是从内部矛盾发展起来的。

约翰·穆勒（1806—1873）：或译约翰·斯图尔特·密尔，英国哲学家、心理学家、经济学家。他支持边沁的功利主义。

查尔斯·罗伯特·达尔文（1809—1882）：英国博物学家，进化论的奠基人，人类历史上最重要的科学家之一。

索伦·奥碧·克尔凯郭尔（1813—1855）：丹麦神学家和哲学家，出版了大量作品，大多以笔名写作，表达了存在主义的各种态度和立场。

卡尔·海因里希·马克思（1818—1883）：德国的思想家、政治学家、哲学家、经济学家、革命理论家、历史学家和社会学家。主要著作有《资本论》《共产党宣言》等。

格雷戈尔·孟德尔（1822—1884）：奥地利帝国生物学家，被誉为现代遗传学之父。他通过豌豆实验，发现了遗传学三大基本规律中的两个，分别为分离规律及自由组合规律。

弗里德里希·威廉·尼采（1844—1900）：德国哲学家、语文学家、文化评论家、诗人、作曲家。他以一种非正统且充满挑衅的风格写作。尼采的思想颠覆了西方道德思想和传统的价值，代表作有《查拉图斯特拉如是说》等。

西格蒙德·弗洛伊德（1856—1939）：奥地利精神病医师、心理学家、精神分析学派创始人。他重点关注人的无意识。

马丁·海德格尔（1889—1976）：德国哲学家，20世纪存在主义哲学的创始人和主要代表之一。他在代表作《存在与时间》中提出了著名的"向死而生"理论。

阿尔多斯·赫胥黎（1894—1963）：英国作家，他在1932年创作的小说《美丽新世界》让他名留青史。

安托万·德·圣-埃克苏佩里（1900—1944）：法国作家，以《小王子》闻名。第二次世界大战期间在地中海上空乘坐飞机执行任务时丧生。

汉斯-格奥尔格·伽达默尔（1900—2002）：德国哲学家，海德格尔的学生，阐释学领域的主要思想家。他研究解释的条件和含义，代表作《真理与方法》。

帕维尔·范特尔（1903—1945）：捷克医生，第二次世界大战期间被关押在特莱西恩施塔特和奥斯维辛集中营，最终被杀害。他在被囚禁期间，画了许多讽刺漫画。

汉斯·乔纳斯（1903—1993）：移居美国的德国哲学家，海德格尔的学生。他发展了对技术的批判和自然哲学，对生物事实进行了存在论的解释。

爱丽丝·赫茨·索默（1903—2014）：犹太裔捷克音乐家。在特莱西恩施塔特被囚禁两年，被迫为纳粹官员演奏钢琴。她享年110岁，是最年长的纳粹大屠杀幸存者。

让－保罗·萨特（1905—1980）：法国哲学家，法国无神论存在主义的主要代表人物。存在主义认为，存在优先于本质，这就是为什么人是由他的自由选择来定义的。

维克多·弗兰克尔（1905—1997）：奥地利医生和精神病学家，第二次世界大战期间被关押在奥斯维辛集中营。他发展了自己的存在分析治疗，即一种基于存在主义哲学的心理治疗。

汉娜·阿伦特（1906—1975）：德国哲学家，她从纳粹德国流亡到法国，后来又到了美国。她以研究人类的各种基本状况而闻名，并对现代社会中出现的大众的盲目性、对高消费的追求、随意利用新科技成果掠夺大自然等现象持否定和批判态度。

塞缪尔·贝克特（1906—1989）：爱尔兰作家、剧作家，他最著名的作品是《等待戈多》，1969年获诺贝尔文学奖。

伊曼努尔·列维纳斯（1906—1995）：法国裔立陶宛哲

学家，他将现象学引入了法国，并主张对人类同胞负有无限的责任。

莫里斯·布朗肖（1907—2003）：法国作家、哲学家，对法国思想界影响深远。

路易·皮埃尔·阿尔都塞（1918—1990）：法国马克思主义哲学家。

阿尔贝·加缪（1913—1960）：法国作家、哲学家。他的作品围绕生活的荒谬展开。代表作有《西西弗斯的神话》《局外人》《鼠疫》等。

普里莫·莱维（1919—1987）：犹太裔意大利作家、化学工作者，第二次世界大战期间被关在比尔克瑙和奥斯维辛集中营，他将这段经历作为自己写作的题材。

艾丽丝·莫道克（1919—1999）：英国当代小说家、哲学家，对善的存在意义特别感兴趣，她擅长描写中产阶级的心理和感情世界，一生获奖无数。

齐格蒙特·鲍曼（1925—2017）：波兰裔英国社会学家，他分析了大屠杀、消费社会和后现代性等问题。

米歇尔·福柯（1926—1984）：法国哲学家，他主要从历史发展的维度，关注知识与权力的关系。著有《疯癫与文明》《词与物》等。

费雷登·M. 伊斯凡迪亚里（1930—2000）：美国哲学家和未来学家，他广为人知的名字是 FM-2030。他是超人类主义的领袖，期望超越人类当前各种生物学的限制，是最早研究未来壳体的教授之一。

雅克·德里达（1930—2004）：法国哲学家，西方解构主义的代表人物。解构主义认为，任何文本的意义都是不确定的，因此会自我消解。德里达的理论动摇了整个传统人文科学的基础，是整个后现代思潮的理论源泉之一。

米歇尔·塞尔（1930—2019）：法国哲学家、作家，法兰西学院院士，其面向大众的著作被称为艺术与科学之间的桥梁，代表作《五种官能》。

安东尼奥·达马西奥（1944— ）：葡萄牙裔美国神经科学家，以论证情绪对认知的重要性闻名，著有《笛卡尔的错误》。